ROSY & JOHN

Né à Paris, Pierre Lemaitre a notamment enseigné la littérature à des adultes avant de se consacrer à l'écriture. Ses trois premiers romans, *Travail soigné* (publié chez Le Masque en 2006 et prix du Premier roman de Cognac 2006), *Robe de marié* (publié chez Calmann-Lévy en 2009 et prix du Meilleur polar francophone 2009) et *Cadres noirs* (publié chez Calmann-Lévy en 2010 et prix du Polar européen du *Point* 2010), lui ont valu un succès critique et public exceptionnel et l'ont révélé comme un maître du roman noir et du thriller. Ses romans sont traduits dans une vingtaine de langues et plusieurs sont en cours d'adaptation cinématographique.

Au revoir là-haut, son dernier roman paru aux Éditions Albin Michel, a reçu le prix Goncourt 2013.

Paru dans Le Livre de Poche :

PIERRE LEMAITRE

Rosy & John

La Trilogie Verhœven, 4

Préface de l'auteur

LE LIVRE DE POCHE

La version originale de cette histoire est un feuilleton numérique publié par SmartNovel en octobre 2012 sous le titre *Les Grands Moyens*.

© Librairie Générale Française, 2014.
ISBN : 978-2-253-17595-7

Il y a des cas (assez rares, il est vrai)
où le meilleur moyen de gagner du temps,
c'est de changer de place.

Marcel PROUST.
À l'ombre des jeunes filles en fleurs

Préface

J'ai toujours considéré ce court roman comme un cadeau.

D'abord parce qu'il me fut commandé : se voir solliciter un texte par un éditeur est toujours flatteur (comme le dit Vallès, on ne devient pas romancier par modestie).

Ensuite parce qu'il fut offert en cadeau aux lecteurs du Livre de Poche à l'occasion de son soixantième anniversaire.

Enfin parce qu'il me permettait de retrouver Camille Verhœven, un personnage pour lequel j'avais de l'attachement et que je croyais disparu.

L'idée du roman m'est venue, une nuit, en voyant la chaussée d'un trottoir éventrée. Un périmètre de sécurité était matérialisé par quatre petites barrières rouge et blanc destinées à empêcher un passant distrait de tomber dans la tranchée, assez profonde, où, dans la journée, des ouvriers devaient procéder à la réfection de canalisations de gaz. Les auteurs de romans policiers ont en permanence l'esprit tourné vers le crime qui est leur gagne-pain, la vision de cette fosse m'a aussitôt donné le cadre de l'histoire. Il ne me manquait plus que la « bonne idée », inattendue, prometteuse, l'idée qui fait tenir le roman.

Je travaillais à l'époque à un livre très différent qui deviendrait *Au revoir là-haut*, j'étais dans la guerre de 14-18 jusqu'au cou. J'avais, pour l'occasion, abandonné le roman policier mais, passant de crimes jusqu'ici assez intimes à une guerre mondiale, je passais d'un crime à un autre, je ne faisais jamais que changer d'échelle : plus encore qu'auparavant mon quotidien était rempli de morts, de blessés. Dès le premier chapitre, mon personnage principal tombait dans un trou, cela me ramenait à cette tranchée dans la chaussée. Les deux romans entraient en résonance. Et c'est soudain, en me documentant sur ce qui s'est passé il y a un siècle, que l'idée qui me manquait pour ce polar d'aujourd'hui m'a été offerte : les champs agricoles sur lesquels, pendant cinquante mois, plurent des milliers, des centaines de milliers d'obus.

Disposant d'un cadre (cette tranchée ouverte dans le trottoir) et d'une idée (les terrains agricoles de l'est de la France), il ne me manquait qu'un personnage. Camille Verhœven a alors refait surface. Et comme tous les bons personnages, il a commencé par me poser une question embarrassante : quelle place cette nouvelle aventure pouvait-elle tenir dans une trilogie déjà achevée ?

On connaît ma passion pour Dumas. Cet homme qui avait tous les culots m'a soufflé une idée qui, à défaut d'être tout à fait convaincante, m'offrait l'occasion d'un nouveau clin d'œil à mes lecteurs : ma trilogie comporterait quatre volumes, comme *Les Trois Mousquetaires* qui étaient quatre. N'ayant jamais voulu me mesurer à Dumas (le combat ne serait pas égal), *Rosy & John* est un très court roman, un demi-volume. Ainsi, ma trilogie ne comprend-elle pas quatre tomes mais trois et demi.

On trouve toujours un arrangement avec la réalité, c'est le grand avantage des romanciers.

Pierre Lemaitre

Premier jour

17 heures

La rencontre imprévue qui va faire basculer votre vie, la plaque de verglas sournoise, la réponse que vous donnez sans réfléchir… Les choses définitives ne mettent pas un dixième de seconde à se produire.

Prenez ce petit garçon, il a huit ans. Qu'il fasse simplement un pas de côté et tout peut changer, irréversiblement. Sa mère s'est fait tirer les cartes, on lui a prédit qu'elle serait veuve dans l'année. Elle a raconté ça à son fils en pleurnichant, les poings serrés sur la poitrine, des sanglots dans la voix. Il fallait que j'en parle à quelqu'un, tu comprends ? Lui n'avait jamais vraiment imaginé la mort de son père qui lui semblait indestructible. Maintenant, il vit dans la peur. Il y a de ces mères, tout de même… Celle-ci a trente ans, mais une maturité de collégienne. Cette prédiction, il y a longtemps qu'elle l'a oubliée (en plus d'une certaine inconséquence, elle est assez oublieuse, une pensée chasse l'autre à une vitesse parfois désespérante). Pour son petit garçon évidemment, c'est une autre paire de manches. Son imaginaire s'est engouffré tout entier dans cette histoire de sorcière, il n'en parle à personne, fait cauchemar sur cauchemar. Certains jours, l'idée de la mort de son père l'habite jusqu'au malaise ; des semaines entières, elle disparaît, comme par enchantement. Quand elle revient, c'est avec une puissance décuplée, parfois, ça lui coupe les jambes, littéralement, il faut qu'il se retienne à quelque chose, qu'il s'assoie.

Lorsque la menace réapparaît, il exécute toutes sortes de rites conjuratoires, convaincu que si son père meurt, ce sera sa faute.

Aujourd'hui, « si je ne pose pas le pied sur un joint du trottoir, mon père ne mourra pas ». C'est seulement à partir du boulanger que ça compte.

Il est quasiment en apnée depuis la maison et le chemin est long jusqu'à l'école de musique. Quelque chose lui dit que cette fois il n'y arrivera pas, mais il ne trouve rien, pas de prétexte, aucune exception qui pourrait l'autoriser à un renoncement valide. Une rue, deux rues, on voit déjà le boulevard, mais l'angoisse grandit et il lui semble que plus il approche de la délivrance, plus il approche de la catastrophe. Il marche le regard rivé au trottoir, son étui de clarinette se balance à peine au bout de son bras. Il en a des transpirations. Il est à deux cents mètres de l'école de musique. Allez savoir pourquoi – un pressentiment peut-être –, tout en avançant, il lève les yeux et voit soudain apparaître son père dans l'autre sens. À cet endroit de la rue, un échafaudage oblige à un contournement, il faut passer sur une passerelle en bois qui mord sur la chaussée. Le passage est étroit. L'épaule en avant, son père se fraye un chemin d'un pas décidé. Quand il marche de cette manière, on dirait que rien ne peut l'arrêter. Le garçon est surpris parce que c'est rare de le voir arriver aussi tôt.

Les images qui suivent s'inscriront au ralenti dans son souvenir.

Car évidemment cette seconde d'inattention est de trop, le temps de se reprendre, de baisser les yeux, l'enfant est stoppé net : son pied est posé en plein milieu du joint en ciment…

Et donc son père va mourir, c'est fatal.

Oui, les choses définitives surviennent à une vitesse stupéfiante.

Prenez encore cette fille, à quelques mètres derrière notre petit garçon. Pas très jolie, étudiante en économie, jamais eu de relation sexuelle. Elle dit simplement que « ça ne s'est pas présenté », c'est bien plus compliqué, mais peu importe, on est en mai, elle a vingt-deux ans, voilà tout ce qui compte parce qu'à cet instant précis, elle se trouve à l'angle de la rue Joseph-Merlin devant un homme qui la désire ; il l'a invitée pour ça, lui dire qu'il la désire. Il suffit qu'elle réponde oui ou non pour que tout bascule dans un sens ou dans l'autre. Et pas seulement pour cette question assez prosaïque de sa virginité. Parce qu'elle va dire non. L'homme va alors l'assurer qu'il comprend (tu parles…), elle va le suivre des yeux et à l'instant où elle commencera à regretter son refus, à vouloir le rappeler…

Trop tard.

L'explosion est tellement puissante qu'elle fait vibrer tout le quartier. C'est comme un séisme, on en ressent le souffle à une centaine de mètres.

En une fraction de seconde, le petit garçon voit le grand corps de son père s'envoler, on jurerait qu'une main géante vient de le pousser brutalement au niveau de la poitrine. La jeune fille, elle, n'a que le temps d'ouvrir la bouche, son ex-futur amant est déjà en l'air et traverse, la tête la première, la vitrine du magasin Women' Secret.

Cette rue Joseph-Merlin est très commerçante. Vêtements, chaussures, alimentation, pressing, droguerie… c'est même la plus commerçante du quartier, après, pour trouver mieux, il faut monter jusqu'au carrefour Pradelle. Nous sommes le 20 mai, un soleil d'une douceur estivale s'est installé depuis quelques jours, il est 17 heures, pour un peu, on se croirait en juillet, il vous vient des envies d'apéritif en terrasse, il y a du monde partout, alors forcément, quand la bombe explose, c'est une catastrophe, mais c'est aussi une injustice.

En même temps, si le monde était juste…

Les passants projetés au sol se protègent avec les bras. Une femme en robe imprimée est propulsée en arrière, sa tête heurte violemment la balustrade du passage en bois aménagé devant l'immeuble. Du côté des numéros pairs, un homme descendant de son scooter est fauché par une traverse sortie d'on ne sait où, elle le percute à la taille et le casse en deux ; il porte encore son casque, mais il n'est pas certain que cela suffise à lui sauver la vie.

Au bruit de l'explosion succède un assourdissant vacarme métallique : avec un léger retard sur la détonation, comme s'il avait pris le temps de la réflexion, l'immense échafaudage, saisi d'un soubresaut, se soulève légèrement de terre puis s'effondre massivement, on dirait qu'il s'assoit, comme, à la télévision, ces barres d'immeubles qui donnent l'impression de fondre d'un coup. Sur l'autre trottoir, côté numéros impairs, une jeune fille portant des bottes blanches à talons hauts lève la tête et voit les tubulures se disloquer dans le ciel, à la manière d'un feu d'artifice, et redescendre vers elle à une vitesse à la fois lente et inexorable…

La déflagration balaye les vitrines, les véhicules et tout ce qui se trouve dans les cerveaux. Pendant de longues secondes, personne ne pense, les idées semblent soufflées elles aussi, comme des bougies. Même les bruits ordinaires ont été repoussés, il règne sur le lieu du sinistre un calme inquiétant, vibrant, on dirait que toute la ville vient de mourir, tuée net.

Lorsque l'information a suffisamment pris son élan, elle éclate enfin dans les esprits. Au-dessus de la rue, les fenêtres qui n'ont pas volé en éclats s'ouvrent timidement, quelques visages apparaissent, incrédules.

En bas, ceux qui ont échappé au cataclysme se relèvent et regardent, sans rien comprendre, le paysage nouveau qui s'offre à eux.

Une ville en guerre.

Les devantures des magasins se sont volatilisées, deux murs situés sous l'échafaudage se sont effondrés, provoquant un nuage de plâtre qui se dépose partout, lentement, comme de la neige sale. Le plus spectaculaire est évidemment, qui empiète largement sur la chaussée, cet amoncellement de barres métalliques et de planches en contreplaqué, quatre étages de tubulures, ça n'est pas rien. L'ensemble s'est écroulé quasiment à la verticale, recouvrant deux véhicules garés le long du trottoir. Le monceau de traverses est hérissé de tubes qui pointent vers le ciel, comme une gigantesque coiffure punk.

Combien sont-ils sous les décombres, les débris de verre et les morceaux de bitume ? Impossible à dire.

Ce qu'on voit, ce sont, ici et là, quelques corps allongés, de la terre, du sable, partout cette poussière de plâtre et aussi des choses assez étonnantes, comme ce cintre, accroché à un panneau de sens interdit, portant une veste à parements bleus. Après les séismes, sur les gravats des maisons dévastées, on voit cela parfois, un berceau de bébé, une poupée, une couronne de mariée, des petits objets que Dieu semble avoir déposés là avec délicatesse pour montrer qu'avec Lui, tout doit se comprendre au second degré.

Le père, sous les yeux de son fils, a effectué une curieuse trajectoire. L'explosion qui l'a cueilli sur la passerelle de bois l'a soulevé du sol pour l'asseoir sur l'avant d'une camionnette en stationnement. Il reste là, immobile, comme s'il s'apprêtait à disputer une partie de dominos avec son fils, sauf que son regard est vide, son visage en sang, il dodeline de la tête de droite et de gauche, on dirait qu'il veut détendre ses vertèbres cervicales.

Le garçonnet, lui aussi, a été soufflé par l'explosion. Maintenant, une joue contre terre, les yeux écarquillés, allongé devant une porte cochère qui a stoppé sa trajectoire, il tient toujours son étui à clarinette, mais le couvercle s'est ouvert, l'instrument a disparu, on ne le retrouvera jamais.

Les sirènes commencent déjà à mugir.

La confusion cède la place à l'urgence, à l'énergie, aux secours, les personnes valides se précipitent vers les corps étendus.

Certains se relèvent, difficilement, retombent à genoux, exténués.

Au silence de la stupéfaction succède le brouhaha progressif des cris, des hurlements, des instructions, des sifflets.

Les gémissements sont recouverts par le concert des klaxons.

Un homme posté à l'angle des rues Joseph-Merlin et Général-Morieux n'a rien perdu de la scène. Bien qu'il ait une trentaine d'années, on parlerait plutôt d'un garçon, il y a en lui quelque chose de juvénile, d'immature peut-être, qui tranche étonnamment avec son physique de paysan, assez lourd. Il est emprunté, mais loin d'être maladroit. Il a d'ailleurs fabriqué sa bombe tout seul, c'est dire… Il l'a réglée sur 17 heures, mais c'est théorique parce qu'en réalité, ces machins-là, on ne sait jamais si ça va marcher comme on veut.

Et même si ça va marcher tout court.

On comprend mieux son état de nervosité quand on sait que c'est sa première bombe. Plusieurs semaines de travail. Il n'évalue d'ailleurs pas précisément les dégâts qu'il va provoquer. Malgré ses prévisions, c'est vraiment l'inconnu. Un professionnel saurait sans doute avec davantage de certitude. Lui est un amateur, contraint de se fier en grande partie à son intuition. Il a fait pas mal de calculs, mais la réalité n'a pas grand-chose à voir avec les calculs, tout le monde le sait. Quoi qu'il en soit, il a fait au mieux avec les moyens dont il disposait. Maintenant, comme dit Rosie : « Le travail ne fait pas tout dans la vie. Il faut aussi de la chance. »

Et de toute manière, maintenant, c'est trop tard.

Il a eu beau se forcer à faire détour sur détour, rien à faire, il était tellement nerveux qu'il est arrivé en avance, vers 16 h 40. Vingt minutes à ne rien faire, dans ces conditions-là, c'est une éternité. Il y avait pas mal de monde installé à la terrasse et, bien sûr, la place qu'il avait repérée de longue date n'était pas libre, occupée par un jeune couple. Il n'a pas pu s'empêcher de manifester son agacement, la fille a froncé les sourcils, son ami a levé la tête pour le détailler à son tour. Alors, il s'est assis, mais ensuite il s'est relevé, il a changé de chaise… Il a dû consulter sa montre une bonne dizaine de fois, il aurait voulu se faire repérer, il ne s'y serait pas pris autrement.

Vers 16 h 55, il a posé son téléphone mobile sur la table, à la verticale, l'objectif fixé vers l'immeuble ; il s'est penché pour vérifier le cadrage, corriger la position. La date et l'heure s'affichent en bas de l'écran. Aujourd'hui, il ne se passe rien, nulle part, qui ne soit capté par un appareil, qui ne génère au moins une image instantanée. Ainsi, même cette explosion, inattendue et improbable à cet endroit de Paris, sera immortalisée par une vidéo. La chose est évidemment facilitée par le fait que c'est le poseur de bombe qui assure le reportage. C'est un peu comme si Jupiter avait tenu lui-même la caméra à Fukushima.

L'explosion a lieu à une cinquantaine de mètres de là. Il a beau s'y attendre et même l'espérer, l'ampleur le sidère. Il entrouvre la bouche, son visage affiche une mimique à la fois admirative et affolée.

La détonation vient gifler les clients du café et faire trembler le sol, comme si, sous leurs pieds, le métro avait soudain cédé sa place au TGV ; les tables sont saisies de convulsions, les verres s'entrechoquent puis se renversent, il faudra plusieurs secondes avant que les regards stupéfaits se tournent dans la bonne direction. Ce sera exactement l'instant où l'échafaudage se mettra en mouvement avant de s'effondrer dans un fracas épouvantable.

Le jeune homme se lève et part sans même payer sa consommation, mais personne ne pensera à cela. En quelques enjambées, il est loin, il marche en direction du métro.

Appelons-le Jean. En fait, il s'appelle John, mais c'est une longue histoire, il se fait appeler Jean depuis l'adolescence, on s'intéressera à ça plus tard. Donc, pour le moment, Jean.

La bombe a convenablement fonctionné ; sur ce plan, il a tout lieu d'être satisfait. Même s'il a des inquiétudes sur le bilan exact de l'opération, elle devrait porter ses fruits.

Les rescapés tentent déjà de secourir les victimes restées au sol. Jean s'engouffre dans le métro.

Lui ne va secourir personne. Il est le poseur de bombe.

17 h 10

Camille Verhœven, c'est un mètre quarante-cinq de colère. Un mètre quarante-cinq, c'est peu pour un homme, mais pour de la colère concentrée, c'est énorme. Sans compter que pour un flic, la fureur, même rentrée, n'est pas une vertu cardinale. Au mieux, c'est une aubaine pour les journalistes (dans quelques affaires médiatiques, ses réponses au rasoir ont eu pas mal de succès), mais avant tout, c'est un casse-tête pour la hiérarchie, pour les témoins, les collègues, les juges, à peu près tout le monde.

Camille crie ou s'emporte parfois, mais il se méfie terriblement de lui-même. C'est plutôt le type à bouillir de l'intérieur. Pas trop le genre à taper du poing.

D'ailleurs, il fait bien, parce que dans sa voiture, à cause de sa taille, toutes les commandes sont au volant, il faut faire attention où vous posez les doigts, un geste intempestif et vous voilà dans le décor.

Son irritation d'aujourd'hui (il trouve un motif par jour) est survenue pendant sa toilette, il s'est vu dans le miroir, il s'est déplu. Il ne s'est jamais beaucoup aimé, mais jusqu'ici, il a toujours lutté victorieusement contre le ressentiment de n'avoir pas grandi comme les autres. En fait, depuis la mort d'Irène, sa femme, il y a des moments où la détestation de soi prend des proportions inquiétantes.

Il y a six mois qu'il n'avait pas utilisé ses congés. Mais sa dernière grosse affaire s'est soldée par un échec : la fille qu'il cherchait était morte quand il l'a retrouvée[1], ça l'a pas mal bousculé (en réalité, ce n'est pas un échec à proprement parler, il a arrêté l'assassin, mais c'est comme ça avec Camille, il regarde toujours le mauvais côté des choses). Et donc, il a pris quelques jours. Il a failli proposer à Anne de le rejoindre à la campagne, c'était l'occasion de lui faire découvrir son refuge, mais non, il n'y a pas assez longtemps qu'ils se connaissent, il a préféré être seul.

Il a passé trois jours à dessiner, à peindre. Il a trop de talent pour être flic, mais pas assez pour être artiste. Alors, il est flic. De toute manière, il n'aurait pas voulu être un artiste.

En voiture, comme chez lui, Camille n'écoute jamais de musique, ça le distrait de ses pensées. Avec son goût pour les formules lapidaires, il simplifie en disant « Je n'aime pas la musique ». Et au fond, c'est vrai, s'il

---

1. *Alex*, Le Livre de Poche n° 32580, 2011.

aimait cela, il en achèterait, il en écouterait. Or il ne le fait jamais. Alors, autour de lui : quoi, comment peut-on ne pas aimer la musique, c'est invraisemblable, on n'y croit pas, on le fait répéter, ça alors, on en reste comme deux ronds de flan, c'est inconcevable, ne pas aimer la peinture ou la lecture, passe encore, on peut comprendre, mais la musique ! Alors Camille en rajoute, c'est plus fort que lui, ce genre de réaction, ça l'encourage, il est ainsi, c'est un type vraiment chiant parfois. Un jour, Irène lui a dit : « Dommage que les misogynes ne te connaissent pas, ça les aiderait à relativiser. »

À défaut de musique, Camille écoute les radios d'information continue.

Le premier flash spécial intervient à l'instant où il allume. « ... *d'une puissante explosion dans le 18ᵉ arrondissement de Paris. Les causes exactes ne sont pas encore connues, mais il s'agirait d'un sinistre de grande ampleur.* »

Le genre de nouvelle à laquelle vous ne prêtez attention que si vous habitez le quartier, ou si le nombre de morts est vraiment spectaculaire.

Camille poursuit sa route et suit les flashes d'information : « *Les secours sont sur place. On ignore le nombre de victimes. Selon certains témoins, il semble... »*

Ce que Camille craint, avec cette information, ce sont les encombrements à l'entrée de Paris.

17 h 20

C'est quelque chose, un pays moderne.

Les victimes ont à peine le temps de retrouver leurs esprits que les pompiers sont déjà sur place. Quatre casernes mobilisées. Des ambulances et les unités d'intervention convergent vers les lieux du drame à une vitesse hallucinante tandis que le SAMU, à la lisière du périmètre que la police a aussitôt ceinturé, ouvre les portes de ses véhicules pour débarquer des civières, des couvertures de survie, des appareils de perfusion ; on décharge des cartons de produits pharmaceutiques, de désinfectants, de bandages ; des techniciens calmes, rapides, précis, occupent chacun le poste que le Plan de secours et d'évacuation leur assigne. Les urgentistes sont déjà au travail. La Sécurité civile dispatche, organise, fait passer des lignes informatiques et téléphoniques. Les tentes destinées aux premiers soins semblent émerger de la poussière de l'explosion qui n'en finit pas de retomber.

Sous cet angle, on voit à quoi servent nos impôts.

Ah oui, il y a également les journalistes. Des professionnels eux aussi. Les camions des chaînes de radio et d'information continue arrivent en même temps que les secours ; on tire les câbles, on s'apprête aux premiers directs ; des reporters qui jouent aux correspondants de guerre cherchent la bonne place, celle où les décombres seront visibles derrière eux, pendant leur intervention.

C'est ça, une démocratie moderne : un pays où les professionnels ont pris le pouvoir.

17 h 30

Ministère de l'Intérieur. Réunion de crise.
— Que dit le PR ? demande le chef de cabinet.

Le ministre de l'Intérieur ne répond pas, ce que dit le président ne regarde personne. D'autant qu'il est comme tout le monde, le président, il attend d'en savoir plus.

Le ministre s'avance, mais reste debout, signe qu'il n'a pas l'intention de s'attarder. Il donne, d'un signe de tête, la parole au patron de la Direction centrale du renseignement intérieur, la DCRI, qui confirme ce que chacun pense depuis l'annonce de l'explosion : pas d'islamiste dans ce coup. Ça ne durera peut-être pas, mais on est en phase d'accalmie sur ce front-là. Les tractations avec les groupuscules leaders avancent positivement depuis plusieurs mois dans le secret absolu : le gouvernement s'apprête – en démentant l'information – à lâcher un gros paquet d'euros pour récupérer deux otages, les intégristes n'ont aucun intérêt à sectionner le pipeline qui leur permet d'aspirer une partie du Trésor français. Sans compter que ce n'est ni leur technique ni leur genre de lieu, aucun signalement ne fait état d'une action suspecte ni chez les indics ni chez les agents infiltrés, rien, non, vraiment…

– Le terrorisme religieux, c'est exclu.

Reste la piste politique. Plus compliquée. Sur ce terrain, rien n'est parvenu aux Grandes Oreilles depuis plusieurs mois, mais il existe une telle galaxie de groupuscules de toutes sortes… Il en naît et en meurt tous les jours ; les mouvements, en perpétuelle reconfiguration, sont assez instables, des actions quasiment individuelles ne sont jamais totalement exclues.

– Tout le monde est sur le pont…

Côté bilan, les premières estimations devraient tomber dans une heure. Deux, au maximum.

Le ministre hoche la tête. Il s'adresse au fonctionnaire en charge de l'information.

– Pour la presse, on enquête. Et rien d'autre.

Il fixe tout le monde calmement.

– Et personne ne bouge jusqu'à nouvel ordre. Avertissement sans frais : pas d'agitation intempestive ni de remue-ménage suspect dans les services.

Message ostensible envoyé à la presse : l'administration ne s'affole pas.

C'est clair pour tout le monde.

La voiture est en bas, le ministre va se rendre sur place, manifester sa compassion, assurer « *que toute la lumière sera faite, bla-bla-bla* ».

Les catastrophes font partie du boulot.

17 h 55

Les nourrices du square Dupeyroux ont rapproché des chaises pour papoter ; près de l'aire de jeux, quelques mères suivent d'un œil inquiet les aventures de leurs enfants. Généralement, c'est vers le milieu du square que Jean prend place. Il a son banc, en quelque sorte.

Le gardien, Marcel, règne en maître sur son carré de service public, sévère et bienveillant, le sifflet un peu prompt, mais il n'a jamais mis une contravention en vingt-quatre ans de carrière. Attentif aux habitués, il passe devant Jean et le salue d'un signe de tête. Il a quelque chose du barman, c'est à la fidélité de la clientèle qu'il doit la sécurité de son emploi.

Jean est installé comme il l'est toujours, le dos bien droit, les genoux serrés, les mains jointes entre les cuisses. Au passage du gardien, il se contente d'un infime mouvement des lèvres, c'est sa manière de saluer. Jamais on ne le voit avec un journal ou un téléphone mobile ; il regarde le square, l'air concentré sur ses pensées. Cet après-midi, assis comme à son habitude, il cligne des yeux un peu plus nerveusement que de coutume, il a encore le cœur qui cogne, mais, de l'extérieur, impossible d'imaginer que ce garçon vient de faire exploser une bombe dans l'arrondissement voisin. D'ici, on entend encore les pompiers, les ambulances qui se succèdent sur le boulevard en direction de la rue Joseph-Merlin.

Dès que le gardien du square s'éloigne, bref coup d'œil à droite puis à gauche, Jean se lève, contourne le banc et s'enfonce rapidement dans le fourré. Aussitôt à genoux, caché par le buisson, il utilise l'outil qu'il a fabriqué et qui sert à débloquer la trappe de fer afin de la soulever. Elle grince, il faut savoir la prendre, mais le plus difficile, une fois qu'on s'est glissé dessous, c'est encore de rabattre la trappe sans la faire claquer. Il y a quelques jours, lorsqu'il a apporté la bombe et tout son matériel, quelle épopée !

Le voici à genoux, accroupi dans l'étroit réduit en béton. C'est l'entrée d'une « chambre télécom ». Passent ici des gaines électriques, des tuyaux, des canalisations, de la fibre optique, d'impressionnants faisceaux de câbles qui irriguent tout le quartier. La plupart de ces chambres sont situées sous la chaussée et leur accès recouvert d'une plaque en fonte. Dans Paris, il en existe des centaines, comme dans toutes les grandes villes de province. Jean a déniché celle-ci un peu par hasard, en allant rechercher la balle d'un môme désespéré de ne pouvoir s'enfoncer dans le taillis.

Il lui faut une minute pour calmer sa fébrilité, après quoi il sort de la poche de son blouson la lampe avec laquelle il vérifie que la voie est libre, que personne n'est entré dans le souterrain depuis son dernier passage.

Il éclaire ainsi un couloir d'une quinzaine de mètres, bas de plafond, qu'il doit parcourir légèrement courbé. À l'extrémité du couloir, Jean parvient à une pièce assez large où cette fois il peut se tenir debout. Des compteurs, des coffrets fixés aux murs et deux armoires électriques sur les portes desquelles des affichettes rouge et noir promettent au visiteur imprudent une électrocution en bonne et due forme. Avertissement qui ferait rire Jean si c'était dans sa nature.

Il plie proprement son blouson au sol, s'installe en tailleur et sort, un à un, les outils du sac à dos qu'il laisse sur place à chacune de ses visites. Mais que, cette fois, il remportera parce qu'il n'aura plus besoin de revenir. Il éteint sa lampe, allume la frontale qui lui sert pour les travaux de précision et se met au travail.

Il se trouve exactement au centre du square Dupeyroux.

Au-dessus de sa tête, à quelques mètres sur la droite, il y a l'aire de jeux réservée aux enfants de moins de six ans, avec les toboggans, les balançoires, les jeux sur ressorts et ces cubes empilés les uns sur les autres qu'on peut escalader de tous les côtés.

Les mômes adorent.

18 h 03

Quand il arrive chez lui, sitôt la porte ouverte, Camille s'excuse auprès de Doudouche, sa chatte tigrée – sale caractère, comme son maître – pour l'avoir laissée seule

28

trois jours. Il ouvre les fenêtres en grand et pendant que la chatte, assise sur un coin de table, joue les belles indifférentes (c'est une hystérique), il se débarrasse de sa veste, renouvelle le stock de croquettes et, fruit de sa mauvaise conscience, verse exceptionnellement un peu de lait froid dans une soucoupe qu'il pose au sol.

– Doudouche ?

Elle regarde ostensiblement par la fenêtre.

– Bon, c'est là, dit Camille. Maintenant, c'est à toi de voir.

Il prend alors ses aises, se sert un whisky.

Il n'est pas content de son congé exceptionnel. Parce qu'il a voulu rester seul ? Sur le répondeur, il trouve un message d'Anne. Une voix chaude : « Si tu ne rentres pas trop tard, tu passes dîner ? » C'est curieux d'ailleurs, Camille n'a pas voulu qu'elle l'accompagne à Montfort et en son absence, il n'a pas cessé de la dessiner. En siro-tant son whisky, il passe en revue et trie les croquis. Il travaille de mémoire, toujours. Tout ce qui le frappe dans la vie quotidienne (visages, silhouettes, expressions, le détail des choses) se retrouve tôt ou tard sur son bloc.

Il continue de feuilleter ses dessins, et compose le numéro d'Anne.

– Ça dépend de ce qu'il y a à manger, dit-il d'emblée.

– Quel mufle tu fais…

Ils sourient, chacun de son côté.

Ça fait un long silence, vibrant, dans lequel ils se disent un tas de choses.

– Dans une heure, ça va ?

Une heure après l'explosion, tous les blessés de la rue Joseph-Merlin ont été évacués vers les services d'urgence.

Et pour le moment, le bilan ressemble à un miracle : vingt-huit blessés, aucun mort. « Du moins pas encore », disent les pessimistes, mais il n'y a personne en situation critique. Bras et jambes cassés, luxations, contusions, hématomes, fractures, brûlures, côtes enfoncées, tout ça va nécessiter des opérations chirurgicales, demander des semaines de rééducation, mais les vrais dégâts se situeront plus dans les esprits que dans les corps. Le petit garçon n'a eu que le bras cassé ; à l'école, il sera considéré comme un héros, il va faire signer son plâtre par tous les copains de la classe. La jeune fille vierge s'est retrouvée sur le derrière ; son soupirant, lui, a été emmené aux urgences avec une luxation de l'épaule, il devra expliquer à sa femme pour quelle raison on l'a repêché les quatre fers en l'air dans un magasin de sous-vêtements féminins dans un quartier où il n'avait rien à faire.

Bien sûr, on peut encore découvrir un mort sous les décombres (sous l'amas des tubulures d'échafaudage, par exemple), mais le périmètre a été sondé par les spécialistes, les chiens sont venus à la rescousse. Verdict : personne là-dessous.

Un miracle.

Les reporters le relèvent d'ailleurs à grand renfort d'épithètes. Ce sont des professionnels, donnez-leur une information vide, ils en font une nouvelle majeure. Ici : le coup du prodige. Bon, ça ne vaut pas de vrais morts, simples à gérer, effets garantis. Avec les non-morts, il faut tirer sur les bras, mais c'est affaire d'expérience. Et c'est justement à l'expérience que se reconnaissent les professionnels. Les policiers dépêchés sur place n'en manquent pas non plus. Ils sont une trentaine sur le pied de guerre, certains sont rattachés à la brigade antiterroriste. Quelques-uns ont pu, sur autorisation des medecins, questionner les victimes légères avant leur évacuation, mais la plupart d'entre eux sillonnent le quartier à la recherche de témoins extérieurs, les habitants dont les fenêtres donnent sur le lieu du sinistre, les commerçants, les passants qui n'ont pas été touchés directement par l'explosion.

Ils sont reliés aux équipes qui, dans les bureaux, cherchent les propriétaires, les locataires des immeubles, des boutiques, interrogent les banques de données, rapatrient le contenu de deux caméras de surveillance (bien qu'on soit certain qu'elles n'auront rien saisi, à cause de leur angle de prise de vue) ; dès qu'une nouvelle identité est connue, celle d'un témoin, d'un passant, on peigne tous les fichiers le concernant, l'attentat remonte à une heure, déjà, les informations recueillies se chiffrent en dizaines de gigaoctets.

Et pour le moment, le seul témoignage réellement fiable est celui de Clémence Kriszewckanszki.

Son nom est tellement compliqué à écrire que tout le monde s'applique… Moralité, en vingt-deux ans d'existence, elle n'a vu que deux fois son nom écrit avec une faute. C'est une jeune fille d'un physique banal, dans la vie on ne doit pas beaucoup la remarquer. C'est elle qui était installée à la terrasse, à quelques mètres de Jean. Au moment de l'explosion, son copain a basculé en arrière et s'est ouvert le crâne, il a été emmené aux urgences.

– Julien… dit-elle, presque à voix basse.

– Julien comment? demande le flic, prêt à noter.

Elle est embêtée, ils étaient là à s'embrasser, à se caresser, mais elle ne connaît pas son nom de famille. Un copain d'un copain… Elle plisse les lèvres, elle a vraiment peur de passer pour une putain. Le flic, lui, s'en fiche complètement, elle pourrait faire le trottoir depuis l'âge de treize ans, c'est le cadet de ses soucis : elle a peut-être vu le poseur de bombe, voilà l'essentiel.

Ils sont trois autour d'elle, assis sur des chaises en plastique rouge, dans l'arrière-salle d'un restaurant dont la vitrine a été pulvérisée par l'explosion.

– Grand, se souvient Clémence. Plus d'un mètre quatre-vingts. Il avait l'air plutôt empoté, vous voyez? Lourdaud. Des cheveux bruns plantés assez bas sur le front, avec une légère tache brune sous l'œil droit, des lèvres assez fortes, il portait un jean beige avec les coutures apparentes et une ceinture Harley Davidson. Il…

– Attendez, attendez, l'interrompt le flic visiblement débordé. Vous avez remarqué sa boucle de ceinture?

Sans attendre la réponse, le chef dit un mot à voix basse dans l'oreille du troisième agent qui quitte aussitôt la pièce.

Les flics ont l'air sceptique. Clémence les regarde sans comprendre. Le chef lui fait signe, allez, continuez. Elle reprend son témoignage, détaille les vêtements du jeune homme, la marque de son téléphone, le sac qu'il avait posé près de lui, ses chaussures, même ses gestes, et surtout sa manière de viser l'immeuble avec son mobile posé en équilibre sur la table, devant lui… Un jeune flic en civil entre, l'air pressé, pose une feuille de papier sur la table, balbutie quelque chose d'inaudible et ressort. Les trois hommes regardent Clémence silencieusement.

Elle les fixe à son tour, un par un, elle ne comprend pas ce qui se passe.

– L'agent qui vient d'entrer, demande le chef, vous pouvez me le décrire ?

C'est un coup classique, mais moyen de faire autrement ?

– Je dirais trente ans, dit Clémence.

Elle parle avec un ton d'évidence comme si on la faisait répéter ce que tout le monde sait déjà.

– Un pantalon bleu évasé en bas, un pull genre jacquard avec des motifs bleus, comme des chevrons, il porte une chaîne avec une médaille en or autour du cou…

Les trois flics se regardent avec un demi-sourire, le juge va adorer ce témoin.

On reprend la description du poseur de bombe. On fait venir l'Identité pour en dresser le portrait-robot. Un portrait hyperréaliste, même ses copains de maternelle seront capables de le reconnaître.

Les choses se présentent rarement aussi bien.

18 h 08

Pendant ce temps, à moins de cent mètres de là, deux hommes s'apprêtent à donner à cette affaire un éclairage déroutant.

Le premier s'appelle Basin. C'est l'un des responsables du Laboratoire central de la Préfecture. Une cinquantaine d'années, haut et large, natif du Sud-Ouest, du rugby toute sa jeunesse, mais pas moyen de faire carrière, il a des mains de dentellière, impropres au ballon, mais parfaites pour le déminage, il y a d'ailleurs passé sa vie.

Il est planté devant le trou aménagé par la bombe.

Il en a vu des choses, mais celle-ci le laisse rêveur.

– Bah merde, dit une voix près de lui.

C'est Forestier, un collègue, un vieux de la vieille, il a perdu un doigt au Kosovo, depuis ce jour-là il n'est plus le même. Perdre un doigt, en temps normal, ce n'est pas grand-chose, mais quand on se croit immortel, c'est une faillite. Lui aussi regarde le trou. On n'en voit qu'une partie à cause de l'amoncellement des pièces d'échafaudage, mais ces types-là, vous leur montrez quarante centimètres de cratère, juste le bord, ils vous recomposent toute la scène.

Et ce cratère-là, quand on l'aura complètement dégagé, il fera trois à quatre mètres de circonférence, sur une profondeur de un mètre.

– Bordel de Dieu, dit Forestier.

Ils sont soufflés tous les deux.

Ils hochent la tête, ils ont un petit sourire, discret, mais n'y voyez pas le moindre cynisme, c'est purement professionnel.

Mais c'est vrai qu'en plein Paris, un obus de 140 mm, il y a longtemps qu'on n'a pas vu ça.

19 heures

– Merde ! Un obus ?

– Oui, monsieur le ministre, répond l'expert de la Sécurité civile. Sans doute de la Première Guerre mondiale.

34

– Ça marche encore, ces trucs-là ?

– Pas toujours, monsieur le ministre, il y a beaucoup de déchet. Mais visiblement, celui de la rue Joseph-Merlin était en bon état…

Le ministre se tourne vers la DCRI, il interroge du regard. Le fonctionnaire fait une grimace pour montrer son embarras.

– Nous ne sommes pas devant un cas de figure classique. Si c'est un acte isolé, ce sera une aiguille dans une meule de foin. Il faut donc espérer une revendication rapide. Et si possible une demande de rançon. Qu'on puisse mordre dans quelque chose. En attendant, on fait les collectionneurs d'armes, les fondus de 14-18, quelques groupuscules réputés violents, on piste les menaces récentes qui n'ont pas été retenues. En clair, on racle les fonds de tiroir. En aveugle.

Le ministre est un homme d'action. Il déteste lorsqu'il n'y a rien à faire d'autre qu'attendre.

Il se lève, il faut aller rendre compte au PR. Cette perspective le rassure. Le travail de ministre, c'est un emmerdement par minute. Président, c'est le triple.

19 h 15

S'il n'y avait pas eu tous ces encombrements, Camille aurait été à l'heure chez Anne. D'ordinaire, il est ponctuel. Mais comme si les informations ne l'avaient pas suffisamment alerté (« … *le ministre de l'Intérieur s'est rendu sur place…* »), il est passé à moins de deux arrondissements de la rue Joseph-Merlin, catastrophe assurée. Dès que sa voiture a été bloquée, il a compris qu'il s'était mis dans la gueule du loup. En distance, il n'est pas loin du but, mais en temps… Dans ces cas-là, pas mal de collègues collent le gyrophare sur le toit et foncent dans la circulation, tous phares allumés. S'il était de bonne foi, Camille devrait concéder que de temps à autre, il a, lui aussi, cédé à cette tentation. Mais rarement. Et pas cette fois. Il interroge son GPS pour chercher un chemin alternatif, il lâche ses lunettes qui tombent au sol, pour les rattraper, c'est toute une acrobatie et, naturellement, c'est ce moment que le téléphone choisit pour sonner.

– Tu es où ? demande Anne.

Camille lâche la commande, la voiture cale dans un soubresaut, il se précipite sur ses lunettes, coince le téléphone contre son épaule et, à bout de souffle, murmure :

– Pas loin, pas loin…

Anne, amusée :

– Tu es en voiture ou tu viens en courant ?

Et soudain, devant Camille, la rue se dégage. Le temps de remonter sur son siège sous les klaxons impatients, il attrape sa ceinture de sécurité, démarre le moteur, enclenche une vitesse, la troisième, il a toujours le téléphone coincé contre l'épaule gauche. La voiture broute.

– J'arrive, dit-il, cinq minutes…

Mais il reperd aussitôt le téléphone qui tombe cette fois sur ses genoux et, bien sûr, sonne de nouveau.

La circulation est fluide, on a ouvert un itinéraire de délestage. Camille dépasse un flic agité qui fait tournoyer son bâton en sifflant comme un damné. On roule bien maintenant. Camille se concentre, ne pas perdre son chemin. En fait, il ne se voyait pas si près, il est à quelques rues de chez Anne.

Le téléphone indique un appel de Louis, son adjoint. Tiens, lui aussi, on se demande ce qu'il fait dans la police. Il est riche comme Crésus, il pourrait passer sa vie à faire la sieste sans s'appauvrir. Et cultivé avec ça, c'est une encyclopédie, pour le prendre en défaut… Malgré tout, il a choisi la Criminelle. Au fond, c'est un romantique. Bref.

Camille décroche.

Louis évoque l'explosion de la rue Joseph-Merlin.

— J'ai entendu, oui, dit Camille.

Il cherche une place, dépasse l'immeuble où habite Anne, s'apprête à refaire un tour du pâté de maisons.

— Le ministère est sens dessus dessous, la Préfecture a…

— Bon, accouche, dit Camille.

Il est nerveux parce qu'une place est libre, là, juste devant ses yeux, et faire un créneau en tenant le téléphone… Il ralentit, allume le warning.

— Un homme est ici, dit Louis. Il demande à vous parler.

— C'est pour ça que tu m'appelles ? Reçois-le !

— Il ne veut parler qu'à vous. Il dit que c'est lui qui a posé la bombe.

Camille s'arrête. La voiture, derrière lui, fait des appels de phares.

— Écoute, Louis, des types qui…

Mais Louis ne lui laisse pas le temps de terminer :

— Il a commencé à filmer les lieux près d'une minute avant l'explosion, alors, il y a peu de doute. Si ça n'est pas lui, il est sacrément bien informé.

Cette fois, Camille n'hésite pas, il baisse la vitre, colle le gyrophare sur le toit, allume ses phares et accélère.

– C'est moi, dit-il à Anne. Pour ce soir, je crois que c'est compromis.

19 h 45

Cette histoire de bombe avait déjà électrisé toute la Maison, la Brigade criminelle était aux cent coups ; l'arrivée du garçon qui prétend être l'auteur de l'attentat de la rue Joseph-Merlin a fait l'objet d'une traînée de poudre.

Au rez-de-chaussée, Camille croise Basin, le type du Labo. Ils se connaissent, ils ont travaillé sur deux affaires ensemble, ils s'entendent bien.

– La bombe est sans doute un obus de 140 mm, dit Basin en accompagnant Camille vers l'escalier.

– Mais… c'est énorme, ces trucs-là !

Basin écarte les mains comme s'il montrait la taille d'un brochet.

– 50 sur… 14. Non, c'est pas énorme. Un peu lourd, c'est tout.

Camille enregistre l'information.

– Et côté diagnostic, on en est où ?

– La présence de l'échafaudage, énumère Basin, la traversée en bois, la retenue due à la façade du bâtiment, le niveau d'enfouissement de la bombe… plusieurs facteurs convergents ont limité l'onde de choc et l'effet de souffle. Sans ces obstacles, les dégâts humains auraient pu être considérables. Imagine, s'il avait mis son obus sous un cinéma et qu'il l'avait programmé pour 21 heures, tu avais vingt morts.

Il semble douter, se ravise.

– Plutôt trente.

Basin repart dans l'autre sens, Camille poursuit vers son bureau et croise la jeune fille, assise dans le couloir. Apeurée. Deux képis, rien que pour elle.

– C'est le seul témoin, dit Louis, Clémence Kriszewckanszki. J'ai prévu un tapissage.

Camille entre dans son bureau.

– Allez, Louis, dis-moi tout.

– Il s'appelle Garnier.

Louis tient son joli carnet, son joli stylo, il remonte sa mèche, côté droit.

– Mais pourquoi il veut me parler à moi? demande Camille, agacé. Il n'y avait personne d'autre?

– Il dit qu'il vous a vu à la télé.

– Ça donne une idée de son niveau…

Louis ne relève pas et poursuit :

– Son nom ne figure pas au Fichier, mais on trouve celui de sa mère, Rosie Garnier. Elle est en préventive depuis huit mois pour meurtre.

– Ça donne une idée de la famille.

Camille prend la feuille que lui tend Louis. Synthèse parfaite en trente lignes. Camille ne se souvient jamais si c'est le concours de l'ENA que Louis a réussi ou celui de Normale Sup'. De toute manière, il n'y est pas allé, il est entré dans la police. Trente lignes qui expliquent le dossier Garnier, mère. Sur le fils, on n'a rien.

Sur la table, des clichés de l'attentat, pris quelques minutes après l'explosion. Décor de fin du monde. Remontent à l'esprit de Camille des images de la rue des Rosiers ou de la rue Copernic… L'attentat du RER, c'était quelle année? Il n'a pas mémoire des dates.

Il s'arrête sur le visage hébété d'un petit garçon allongé sur le trottoir, le visage en sang, une joue posée sur le bitume, qui tient à la main un étui de clarinette béant et vide.

Les enfants, ça le bouleverse souvent, Camille, il se sent toujours proche d'eux, à cause de la taille.

En même temps, il est le genre de flic à s'émouvoir facilement. La larme facile.

Pour un flic... enfin, passons.

19 h 55

D'après Camille, il doit avoir une trentaine d'années.

– Vingt-sept. En juin, précise Jean, comme si ça avait de l'importance.

Ses yeux ne savent pas où se poser. Il se frotte lentement les mains à plat l'une contre l'autre, entre ses genoux, mais ça ne veut rien dire. Quand on voit Camille pour la première fois, avec son mètre quarante-cinq, qu'il faut baisser les yeux pour le regarder en face, ou qu'il s'assoit devant vous avec ses pieds à dix centimètres du sol, beaucoup de gens sont embarrassés. Le jeune homme connaît Verhœven qui, pour lui, porte le label « Vu à la télé », mais il se trouve en face du vrai Verhœven, c'est toujours un peu différent.

Et malgré son physique d'agriculteur, c'est un timide.

– Garnier, John, dit Camille.

– Jean !

Il a sursauté. L'air d'y tenir, à cette précision. Camille, sceptique, plisse les yeux sur la carte d'identité, comme s'il déchiffrait une langue étrangère :

– Désolé, moi, je lis « John ».

Le garçon le regarde en face.

– Bon, d'accord, concède Camille, ça s'écrit John, mais ça se prononce Jean. Et donc, *Jean* (Camille appuie sur la syllabe), c'est vous qui avez posé une bombe rue Joseph-Merlin.

Puis il croise les bras.

– Expliquez-moi ça.

– Pendant les travaux, dit Jean. J'ai mis la bombe avant qu'ils referment.

Camille reste sans réaction. Dans ce genre de situation, les suspects parlent, se coupent et se recoupent, se contredisent, une fois sur deux, ils se délitent d'eux-mêmes, le plus sûr, c'est de les laisser faire.

– L'obus, précise Jean. Je l'ai posé de nuit.

Camille se contente de lever un sourcil sceptique. Jean (ou John) a une voix grave qui fléchit après quelques mots, comme s'il mettait des points partout, qu'il faisait des phrases rudimentaires, verbe sujet complément.

– Ils faisaient des travaux de canalisation. La chaussée est restée ouverte pendant plusieurs jours. Ils avaient mis une barrière de sécurité. Pour que les gens ne risquent pas de tomber dans le trou. J'y suis allé de nuit, j'ai posé une bâche sur la tranchée, je suis descendu et après j'ai travaillé sous la bâche. J'ai creusé la paroi de la tranchée. J'ai posé l'obus, à cinquante centimètres en dessous du trottoir, j'ai mis un détonateur, un réveil, j'ai programmé et après j'ai rebouché.

Avec lui, pas de mystère. Au contraire, il veut s'expliquer, il suffit de demander.

Louis est derrière son écran. D'un regard à Camille, il confirme : le mois dernier, on a effectivement changé des conduites d'eau, rue Joseph-Merlin.

– Et pourquoi vous avez fait ça ? demande Camille. Qu'est-ce que vous voulez ?

Mais Jean ne répond pas aux questions. Il dit tout, mais dans son ordre personnel, il faut que les choses se déroulent comme il les a imaginées. Il est très appliqué.

– Des obus… J'en ai mis sept. Il en reste six. Une explosion par jour. C'est prévu comme ça.

– Mais… répète Camille abasourdi, vous voulez quoi ?

Jean veut qu'on les libère, sa mère (qui est en préventive) et lui (qui va être placé en garde à vue).

– Une procédure du genre « protection des témoins », précise-t-il.

C'est idiot, mais la première réaction de Camille est d'éclater de rire. Jean, lui, reste imperturbable.

– Vous nous donnez une nouvelle identité, poursuit-il. Vous nous faites passer en Australie avec de l'argent, de quoi nous installer. J'ai pensé à cinq millions. Dès qu'on passe la frontière, je vous donne l'endroit des six obus qui restent.

– Mais ce truc-là, ça se pratique aux États-Unis, explique Camille. Pas ici ! Vous avez regardé trop de séries télé, mon vieux ! On est en France et…

– Oui, je sais (Jean balaye devant lui, vraiment agacé), je sais ! Mais s'ils peuvent le faire là-bas, on peut le faire ici. D'ailleurs, je suis certain qu'on l'a déjà fait. Pour des espions, des mafieux, ce genre de trucs, renseignez-vous. De toute manière, c'est ça ou rien, alors…

Le garçon est assez rustique, évidemment immature (cette idée de l'Australie est stupide comme un rêve d'adolescent), mais il est loin d'être bête. Et si sa menace se confirme, sa capacité de nuisance est prodigieuse.

– Bon, dit Camille en se levant, on va reprendre tout ça depuis le début, si vous voulez bien.

Pas de problème.

Jean est d'accord, plus les choses seront claires, plus vite on en finira.

– Pour l'argent, je peux descendre à quatre millions. Mais pas moins.

Il n'a pas l'air d'avoir le moindre doute.

20 h 05

En sortant, Camille se retrouve face à face avec la jeune fille au nom imprononçable. Il lui sourit, s'avance.

– Ça va ?

Elle se contente d'un signe de tête.

– On va avoir besoin de vous, reprend Camille. Ensuite, vous pourrez rentrer.

Elle confirme. D'accord.

Juste avant son entrée dans la salle de tapissage, Camille prend Louis à part.

– Tu sors Garnier…

Louis remonte sa mèche, signe d'embarras. Ça n'est pas…

– Oui, je sais, Louis, le coupe Camille, mais je m'en fous. Si c'est lui, la régularité de la procédure sera le cadet de nos soucis. Allez, grouille-toi.

Et donc, quand la jeune Clémence regarde les cinq hommes qu'on a installés debout face à elle, sans ceinture, sans lacets, sans cravate, des jeunes, des vieux, cinq flics provenant de tous les services, elle hoche la tête, elle regrette, mais vraiment…

— C'est pas un de ceux-là, assure-t-elle.

Elle a une jolie voix, douce, un sourire emprunté, elle veut bien faire, elle aurait aimé reconnaître le jeune homme … Même quand on lui demande de les regarder une nouvelle fois, non, celui qu'elle a vu à la terrasse du café n'est pas là.

Camille hausse les épaules, l'air de dire, c'est ainsi, on ne gagne pas à tous les coups.

Après quoi, il ouvre la porte et naturellement, dès qu'elle fait un pas dans le couloir, Clémence se retourne vers le commandant, comme si elle voulait fuir dans l'autre sens. Elle désigne du pouce, derrière elle, l'un des garçons assis sur la banquette à côté de deux jeunes flics en civil, tous les trois ont l'air d'attendre leur tour dans un cabinet médical.

— C'est lui ! murmure-t-elle fiévreusement, les dents serrées. C'est lui !

C'est une bonne nouvelle et le début des emmerdements. Il confie Clémence à l'un des jeunes flics, qui va la raccompagner.

Avant de regagner son bureau, il appelle le standard et demande qu'on lui passe Basin. Autour de lui, on se tait, la présence de celui qui prétend être l'auteur de l'attentat excite tout le monde, on attend la confirmation.

— Alors ? demande Basin au téléphone.

— Je ne veux pas t'en dire trop, répond Camille, mais à mon avis, c'est du lourd. J'aimerais vraiment que tu entendes ça… Que tu me dises. Techniquement.

En attendant, Camille s'avance vers la fenêtre, il tâche de mettre de l'ordre dans ses pensées. « Six bombes à venir, se dit-il. Une explosion par jour. »

Il a beau se le répéter, c'est un peu comme « razde-marée » ou « tremblement de terre », on sent que c'est catastrophique, mais tant qu'on n'y est pas, l'idée reste assez abstraite.

20 h 15

Jean Garnier a vu Camille revenir dans le bureau accompagné d'un homme grand, large d'épaules et aux mains de femme, qui s'est installé sur une chaise, derrière lui, bras croisés. Ça n'a pas l'air de le déranger.

On reprend tout depuis le début.

— Et donc vous avez acheté sept obus ?

— Non, explique Jean, pas achetés. Je les ai ramassés sur la route de Souain-Perthes, en direction de Sommepy. Et à Monthois.

Camille, par-dessus l'épaule de Jean, interroge Basin qui approuve d'un léger mouvement de la tête. C'est dans l'Est, expliquera-t-il un peu plus tard, du côté de Châlons, dans la Marne. Chaque année, des dizaines d'obus de 14-18 remontent encore à la surface ; les agriculteurs les stockent en bout de chemin en attendant le passage des services de déminage.

Camille est sidéré.

Le type a simplement ramassé des obus sur le bord de la route...

— Et vous les avez transportés comment ?

Jean se retourne vers Louis sur le bureau duquel on a placé tout ce que contenait le sac de sport avec lequel il est arrivé. Il tend le bras, désigne un paquet de tickets de caisse, reliés par un gros trombone.

– J'ai loué une voiture. Vous avez la facture, là.

Lorsque Basin prend la parole, Jean ne se retourne pas vers lui, il reste concentré. Basin veut savoir de quelle manière il s'y est pris. Ramasser un obus est une chose, le faire exploser en est une autre.

– Un détonateur et un relais électrique, dit Jean sur le ton de l'évidence, c'est pas sorcier.

Il tend l'index vers un appareil numérique qui fait réveil et calendrier.

– C'est avec ça que j'ai programmé toutes les bombes. 3,99 euros sur le Web.

Louis extrait la facture du paquet ; Garnier a payé par carte, on a la carte bancaire dans son portefeuille, pas de doute, c'est la même. C'est la première fois qu'on voit un assassin apporter les factures pour prouver qu'il est bien le coupable.

Jean montre une boîte remplie de détonateurs, des tubes de la longueur d'une cigarette.

– Je les ai volés chez Technic'Alpes, explique-t-il. C'est un dépôt de matériel de travaux publics en Haute-Savoie.

Louis vérifie sur le Net.

– Sur place, commente Jean, il y a juste un gardien à mi-temps. C'était vraiment pas difficile.

– La société existe, confirme Louis depuis son écran, le siège est à Cluses.

– Le siège peut-être, dit Jean, mais le dépôt est à Sallanches.

Dans la pièce, tout le monde commence à ressentir un gros malaise.

Parce que s'il dit vrai sur cette bombe de la rue Merlin, il dit sans doute vrai sur les autres. Les six obus à venir. C'est d'ailleurs ce que pense Basin qui ne cesse d'opiner de la tête en direction de Camille, pour lui, il n'y a aucun doute. Techniquement, ça peut tout à fait être lui.

Basin se lève, contourne la chaise de Jean Garnier, il reste debout, face à lui.

— Ces obus de la Première Guerre, si on les retrouve, c'est parce qu'ils n'ont pas explosé. Il n'y en a pas un sur quatre capable de fonctionner…

Jean fronce les sourcils, soucieux. Comprend pas.

— Je veux dire, reprend Basin patiemment, votre menace n'est réelle que si vos obus fonctionnent. Vous comprenez ?

Basin lui parle comme à un débile ou à un sourd-muet. On ne peut pas le lui reprocher, Jean Garnier n'a pas un visage pétillant d'intelligence.

Basin poursuit, pédagogue :

— Vous ne pouvez pas être certain que tous vos obus vont exploser. Votre menace…

— Et d'un, l'interrompt Jean en comptant sur ses doigts : le premier a très bien fonctionné. Et de deux : c'est pour ça qu'il y en a encore six, pour tenir compte de ceux qui ne marcheront pas. Et de trois : si vous êtes prêts à courir le risque, moi, c'est comme vous voulez.

Silence.

Basin cherche une contenance.

— Tout ce que vous avez utilisé est là ?

– Les relais électriques, les câbles, dit Jean, j'ai tout acheté chez Leroy-Merlin.

Personne ne réagit, peu importe, il a décidé de tout expliquer, alors il explique tout.

– Ah oui !... Chez moi, vous ne trouverez pas d'ordinateur, je l'ai jeté. Je sais que vous pouvez fouiller dedans même si les données ont été effacées, alors...

Pareil pour le téléphone, il a résilié son abonnement depuis longtemps.

Camille a du mal à réaliser. Il a besoin de faire le point avec Basin et Louis.

Ils confient Jean à un képi, on pourrait même le laisser seul, aucun danger, tout le monde est d'accord.

Ils sortent dans le couloir.

– Merde alors, dit Camille la porte à peine refermée. On peut terroriser une ville en achetant des réveils sur le Net, des relais chez Leroy-Merlin et en ramassant des obus le long des routes ?

Basin hausse les épaules.

– Oui, facilement. Il s'est tiré, au cours de la Grande Guerre, un milliard d'obus dotés d'une énergie cinétique incroyable : un sur quatre s'est enfoncé dans le sol sans exploser. Ils continuent de remonter à la surface, comme des poissons morts, il n'y a qu'à se baisser. On en a récupéré vingt-cinq millions, autant dire rien du tout. Si on voulait retirer tout ce qui reste dans le sol français, au rythme où on va, il faudrait sept cents ans... Il y a beaucoup de déchets, mais il y a aussi beaucoup d'obus, ceci compense cela. Tu en prends sept, statistiquement tes chances d'en avoir un ou deux qui fonctionnent sont assez élevées. Si tu es chanceux, tu peux même monter ton score à trois, quatre, cinq obus. Le gros lot, c'est quand ils sont tous en état.

— Et pour le système de déclenchement, il a utilisé un radioréveil, mais tout ce qui produit une impulsion peut servir : une sonnette de porte, un téléphone mobile...

C'est un éclairage nouveau pour Camille.

— On pense souvent que le terrorisme, c'est sophistiqué, conclut Basin, mais en fait, non, pas vraiment.

20 h 45

À l'excitation a succédé l'effervescence. Pendant que les informations transitent, par les canaux de la hiérarchie, vers les sommets de l'État, la Criminelle n'attend pas et s'organise.

Le divisionnaire Le Guen, pachyderme shakespearien au pas pesant, mais à l'esprit aiguisé, en a référé au juge qui vient d'être désigné ; tous deux sont d'accord sur un point : le commandant Camille Verhoeven est chargé de l'enquête, « jusqu'à mise en place de nouvelles dispositions ».

Camille regarde sa montre en rigolant.

— Ça devrait arriver d'ici, quoi... une heure ?

Louis pense qu'il en faudra deux, peu importe, le délai sera court. Camille est seulement chargé de déblayer. Après quoi il sera débarqué ; mais il n'envie pas son successeur, cette histoire ne sent pas bon du tout.

En attendant, il se voit adjoindre du personnel supplémentaire, une quinzaine d'agents. Louis s'est chargé de les mettre au courant. Lorsque Camille entre, ils savent pourquoi ils sont là. Le brouhaha cesse dès son entrée. Il fait toujours cet effet-là : sa taille théâtralement petite, sa calvitie rutilante, son regard surtout, une lame. Théâtral justement : dans les grandes circonstances, c'est un homme qui a tendance à se taire. Du coup, tout le monde fait silence, il attend encore quelques secondes. C'est un comportement un peu scénique, mais personne ne lui en veut. Ici, chacun le connaît, connaît son histoire, celle de sa femme puis sa dépression, puis son absence puis son retour… Verhœven est à deux doigts de la légende.

Il évoque succinctement le coupable autoproclamé tandis que Louis distribue sa synthèse rédigée au fil du clavier, impeccable, précise, argumentée, rien à dire.

– Si Garnier dit la vérité, commente Camille, une deuxième bombe devrait exploser dans moins de vingt-quatre heures. Et comme sa première salve, rue Joseph-Merlin, n'était pas franchement de la rigolade, nous devons considérer sa menace comme sérieuse.

Il pourrait en profiter pour prononcer une parole historique du genre : « La première bombe n'a fait aucun mort, c'est le premier miracle. Vous êtes chargés du second… », mais contrairement à ce que croit Garnier, la réalité n'a rien à voir avec une série télé.

Camille se contente d'une recommandation :

– Je ne sais pas encore comment nos autorités vont vouloir gérer cette affaire. Donc, en attendant, aucune information ni à la presse ni à quiconque. Je vous rappelle que vous êtes une équipe réduite…

Il laisse un silence, que tout le monde décrypte parfaitement, traverser la salle : l'auteur de la moindre fuite sera dans de sales draps.

Pour autant, Camille ne se fait pas d'illusions. La presse est aux abois, la reddition de Jean Garnier va rapidement transpirer ; vouloir le secret sur une affaire de cette dimension relève du fantasme pur et simple.

– Vous vous concentrez sur l'histoire de Jean Garnier, reprend-il, ses copains, ses relations, etc. Et principalement sur ce qu'il a fait hier, avant-hier, le jour d'avant, qui il a vu, rencontré, croisé, ses relations, le voisinage. Le but, c'est de retracer ses faits et gestes au cours des dernières semaines.

Camille explique comment les équipes sont composées, qui fait quoi, et il conclut simplement :

– Louis Mariani est chargé de la coordination, tout ce qui remonte passe par lui. Bon courage à tous.

Puis il traverse la cantine et rejoint le juge.

Louis tient aussitôt table ouverte, des groupes se pressent autour de lui. Dans son joli costume Armani, il a l'air d'un petit marquis, mais sacrément efficace. Il répond calmement, précisément, on dirait qu'il peut renvoyer les balles comme ça toute la nuit, sans jamais transpirer.

Vingt minutes plus tard, tout le monde est parti et Louis, installé dans une salle avec les informaticiens, s'apprête à trier les appels des flics en expédition, à sélectionner les informations, à épingler des images et des données sur le mur, à rédiger des synthèses partielles pour le divisionnaire, pour le juge, pour Camille.

Camille s'est accroché à la ceinture de sécurité tout le long du trajet. Avec les gyrophares, les sirènes, impossible de se concentrer. Le chauffeur est un slalomeur dans l'âme, pour lui, relier Paris à Bagnolet ne doit pas nécessiter plus de quatre ou cinq coups de frein.

Mais les ordres de Camille étaient péremptoires, aussi, à quelques minutes du domicile de Jean, on éteint les gyrophares, on ralentit, on laisse partir devant la voiture de Verhoeven ; les techniciens vont arriver discrètement, on ne veut pas affoler le quartier, on va procéder rapidement, mais en douceur.

La cité où habitent Rosie et Jean Garnier est un ensemble de bâtiments sans caractère. Pauvre dans les années 1970, baptisé « modeste » la décennie suivante, aujourd'hui conquis par des trentenaires bien dans leur époque et des cadres moyennement supérieurs, il aspire maintenant au statut de « résidence ». D'ailleurs, c'est comme ça qu'il faut dire. Pas cité, résidence. On n'est pas chez les ploucs.

Le n° 21 est le premier bâtiment à droite. Il y a des voitures partout. La cité n'a pas été conçue sur l'hypothèse de trentenaires écologiques adorant la bagnole, les services de police sont contraints de se garer en double file, Camille leur fait signe, dégagez, allez attendre là-bas. Mais si discret soit-on, dès qu'on arrive à la porte, les premiers pas résonnent dans l'escalier de béton, des voisins viennent aux nouvelles, ils restent là, quatre puis cinq, perchés sur les marches comme des poules, à attendre que quelqu'un sorte, qu'on puisse se mettre quelque chose sous la dent. On chuchote, tout le monde sait quelque chose, du moins tout le monde a son idée. Camille demande à un collègue de les interroger ; on leur demande leur avis sur leurs voisins, vous parlez s'ils sont contents…

Camille entre. Dans la foulée, deux agents et deux techniciens investissent l'appartement.

Les volets sont tirés, les plantes regroupées dans la baignoire avec de l'eau à mi-hauteur ; pour celles qui craignent la noyade, on a planté des bouteilles en plastique renversées dans la terre. Tout est propre, le réfrigérateur est vide, débranché, la porte laissée ouverte, les lits sont faits, les armoires en ordre, l'aspirateur a été passé avec soin. Flottent des odeurs de liquide de ménage, de dépoussiérant en bombe, tout l'arsenal de la propreté industrielle au service des particuliers.

Le mobilier est ancien, mais très entretenu : dans le salon, une table en teck avec les chaises assorties, comme on en faisait il y a trente ans, un buffet long dans lequel toute la vaisselle est soigneusement rangée. Dans une vitrine, sur les étagères en verre, sont alignés des bibelots, des chevaux en verre filé, des souvenirs de vacances, une poupée en costume dont Camille se demande de quelle région elle peut provenir. Dans la modeste bibliothèque, des livres bon marché reliés avec des titres dorés (*Les Rougon-Macquart, Les Grandes Batailles de France, Le Secret des Templiers*…) vendus en souscription et dont aucun volume n'a jamais été ouvert. Tandis que les agents ouvrent tous les placards, Camille jette un œil à la chambre de Rosie. Le lit, parsemé de peluches comme on en gagne dans les foires, semble attendre son retour. Au sol, une descente de lit en fourrure synthétique. Minutieusement aligné sur une étagère, une quantité impressionnante de romans sentimentaux (*Coupable attirance, Un pont vers le bonheur, La Magie d'une nuit*...). À l'instant de quitter la pièce, Camille s'arrête sur une valise qu'un agent vient de sortir de l'armoire. Le contenu sent le souvenir. Camille y jette un rapide coup d'œil.

— Consignez-moi tout ça, dit-il.

Dans la chambre de Jean : posters de footballeurs aux murs, une batterie de jeux vidéo et de films d'horreur, ici aussi tout est parfaitement à sa place, rien ne dépasse.

L'appartement appartient à l'OPHLM. Jean Garnier arrêté, dans deux mois, il sera vidé et proposé à une nouvelle famille, tout ce qui est là finira à la benne. Que les occupants se proposent de revenir ou qu'ils soient définitivement partis revient au même : tout était prêt pour une visite de la police.

La thèse de Jean Garnier poseur de six autres bombes prêtes à exploser prend soudainement du poids.

21 h 45

Les premiers témoignages renvoient l'image d'un garçon assez inhibé, mais serviable.

— Il vient faire des bricoles à la maison, dit un voisin (la cinquantaine bouffie, ventripotente et satisfaite). Changer un joint de robinet, refixer une prise, vous voyez le genre de truc, histoire de se faire quelques sous... Bon évidemment, pas causant, oui, non et c'est tout. Si vous le faites venir pour la conversation, c'est cuit. Mais un gentil garçon. Ne ferait pas de mal à une mouche.

– Pour les mouches, je reconnais, dit Camille. Rue Joseph-Merlin, tu n'en as pas tué une seule.

Le jeune homme est menotté à la table en fer, déjà fatigué. Il s'est constitué prisonnier deux heures plus tôt, deux heures sous le feu roulant des questions, les flics se relaient toutes les dix à quinze minutes.

Pendant que Camille s'entretenait avec les autorités, les collègues de relève l'ont un peu bousculé. Il se tient le ventre, il a un hématome assez large sur la joue gauche, une coupure profonde sur le front et du mal à respirer. « Il est tombé dans le couloir », a-t-on dit à Camille.

Pour les affaires de terrorisme, on dispose d'un arsenal juridique impressionnant, la garde à vue pourrait quasiment durer un siècle. On en profite, il n'est pas près de voir son avocat. De toute manière, Jean dit qu'il ne veut pas.

– On peut savoir pourquoi ? a demandé Camille.

– Pas besoin. Vous me donnez ce que je demande, je vous donne ce que vous voulez, c'est tout. Sinon, ça va faire des centaines de morts et je vais prendre la perpétuité. Je ne vois pas ce qu'un avocat va y changer…

Il tâte sa joue.

– Vos collègues se sont un peu énervés, mais vous avez besoin de moi pour trouver les bombes, alors…

Ce geste arrête net Camille.

– Parce que Jean va bien. Très bien même ; si on considère les circonstances.

Dans sa carrière, Camille a vu beaucoup de suspects malmenés, il connaît toute la gamme des réactions et c'est ce qui l'alarme dans le cas présent. Jean a été sérieusement malmené, mais il réagit comme s'il n'y avait rien de plus normal, qu'il s'y attendait, qu'il avait prévu l'attitude de la police.

Jusqu'où a-t-il anticipé ?

Il a l'air étonnement bourru et renfrogné pour un homme capable d'un plan aussi élaboré.

Quelque chose ne colle pas ?

– John Garnier, lit Camille à haute voix, football amateur, CAP en électromécanique. Réputation de bricoleur. Petits boulots… Un peu de chômage.

Jean a un visage qui marque vite. Son hématome commence déjà à virer au violet. Camille replonge dans son dossier, puis relève la tête, admiratif.

– Et tu vis toujours chez ta mère. À vingt-sept ans !

Jean reste fermé à la remarque.

– Né de père inconnu… Allez, parle-moi un peu de ça, Jean.

– Père inconnu, ça veut dire que je ne le connais pas, qu'est-ce que vous voulez que je vous dise ?

– Oui, mais ça, c'est pour l'état civil, Jean. Ce qui m'intéresse, moi, c'est ce que Rosie t'a raconté.

– Il n'a pas voulu me reconnaître, c'est son droit !

Garnier a monté la voix sans s'en rendre compte, il a dû se répéter cette phrase des centaines de fois en vingt-sept ans d'existence, le genre de slogan qui contourne la vérité, qui permet de ne pas trop penser, qui aide à surmonter la difficulté.

– C'est son droit, dit Camille, tu as raison.

Si on ne connaît pas Verhœven, on jurerait qu'il pense ce qu'il dit. Silence.

– Il n'a pas pu épouser ma mère, reprend Jean d'une voix plus calme. Il voulait mais il ne pouvait pas, alors il est parti à l'étranger. Voilà.

– Mme Garnier et son fils ? Ils se disputaient beaucoup…

C'est la voisine du dessus, elle vit seule avec des chats. Une femme suspicieuse. Contrairement aux autres qui ne demandaient qu'à voir leur photo dans le journal, elle n'a ouvert la porte qu'après avoir téléphoné au commissariat, pour vérifier. Et elle reçoit l'enquêteuse sur le palier.

– Vous savez pourquoi ils se disputaient ?

– Pour rien, pour tout ! Tous les jours ! Enfin, presque… Moi, je suis descendue dix fois frapper à la porte, ils n'ouvraient jamais. Le lendemain, elle partait au travail comme si de rien n'était. Lui, c'est simple, il ne dit jamais bonjour. Et que je te casse de la vaisselle, et que je te claque les portes. Et que je t'envoie des noms d'oiseaux jusqu'à pas d'heure !

Elle hoche la tête, comme si, en s'écoutant, elle s'épatait elle-même. Après quoi, elle se ferme.

– Au moins, depuis qu'elle est en prison, l'immeuble est redevenu calme.

– Avec ta mère, reprend Camille, vous ne pouvez pas vous supporter, et tu poses sept bombes pour la faire libérer, c'est déjà étrange. Mais depuis que tu es là, tu n'as même pas demandé à la voir… On n'y comprend rien, Jean, à ton histoire, je t'assure.

– Pas besoin de comprendre, dit-il sans lever les yeux. Vous nous laissez partir, je vous dis où sont les obus, c'est tout.

Camille surprend son regard vers l'horloge murale.

– La prochaine bombe, c'est demain à quelle heure, mon petit Jean ?

Jean se fend d'un mince sourire.

– Vous avez tort de me prendre pour un con. Vous allez changer d'avis, vous allez voir.

On ne lui propose pas à manger, il ne demande rien, on a posé devant lui une bouteille d'eau et un gobelet, il n'y a pas touché. Il regarde par terre, il a déjà le teint cendré des suspects qui mordent sur leurs réserves, mais il tient le coup.

Camille s'absorbe dans le dossier d'instruction de sa mère, Rosie Garnier.

Il y a deux ans, Jean tombe amoureux d'une fille, Carole Wendlinger, vingt-trois ans. Elle vient d'Alsace, rêve d'y retourner. Lui rêve de Carole, ils décident de partir ensemble.

– Moi, je te comprends, lâche Camille.

Sur la photo, Carole est jolie, incroyablement blonde, souriante, les yeux bleus.

Marie-Christine Hamrouche, quarante ans, collègue de Rosie et sa meilleure copine. Elle a déjà déposé lors de l'arrestation de Rosie, elle devra sans doute le refaire le jour du procès, mais elle aime bien raconter cette histoire, elle ne s'en lasse pas.

– Vous comprenez, Rosie se plaignait tellement de son fils… Pas un jour sans qu'elle revienne avec une nouvelle histoire, une nouvelle dispute avec lui, ça ne s'arrêtait jamais. Il ne voulait pas faire les courses, mais si elle ne rapportait pas exactement ce qu'il voulait, il se mettait en pétard ! Ils s'engueulaient sur tout, sur le programme de télé, sur le linge sale, le ménage, les sorties, l'argent, l'arrosage des plantes, le bricolage dans l'appartement, les cendriers pleins… Tous les jours, c'était une nouvelle affaire ! Je lui disais, à ce tarif-là, autant prendre un mari, au moins il rapporte sa paie !

L'agent qui l'interroge approuve calmement, il pense vaguement à sa propre femme.

– Tandis que le Jean, lui, pour le faire travailler, il fallait se lever de bonne heure ! Alors, quand il a rencontré la petite, on a tous pensé : pourvu qu'ils fassent affaire tous les deux. Je vous jure, quand il a parlé de partir avec elle, Rosie était resplendissante ! Comme si c'était elle qu'on avait demandée en mariage. Un soulagement… Pour nous aussi d'ailleurs, je veux dire, nous, les collègues, parce que Rosie et son fils étaient tellement remontés, tôt ou tard, ça allait mal finir…

Là, elle s'arrête. À cet instant de son récit, les mots lui manquent toujours, elle regarde l'agent, les yeux ronds.

– Alors, quand on a appris, vous pensez si on a été surpris !

– Je résume, Jean, dit Camille, tu m'arrêtes si je me trompe. Ta mère et toi vous êtes chien et chat, mais elle a beau se plaindre à tout bout de champ, l'idée de te perdre, de se retrouver seule, ça la tourmente pas mal. Personne ne sait comment ça s'est réellement passé, mais je suppose qu'elle résiste, qu'elle pleure, qu'elle tambourine ; elle menace peut-être même, mais comme elle n'arrive à rien, et que tu en tiens dur comme fer pour ta Carole, elle fait mine de renoncer, elle ronge son frein et un soir que ta copine rentre du supermarché après sa nocturne, ta mère la fauche en bagnole. Tuée sur le coup. Elle rêvait de l'Alsace de son enfance, ta Carole, maintenant elle dort au cimetière de Pantin. Ta mère planque la voiture. Là-dessus, un mois plus tard, concours de circonstances : en pleine journée, incendie dans le sous-sol, les pompiers forcent quelques box en l'absence des propriétaires, on découvre la voiture. Fin de l'histoire. J'ai tout bon, Jean ?

Difficile de savoir si Jean écoute ou non, il a plutôt l'air d'un type qui attend un train.

— À l'arrestation de ta mère, on t'inquiète bien un peu... Dame... La voiture qui a servi au meurtre retrouvée dans le box familial, ça pourrait faire de toi un parfait complice, mais le juge ne t'en tient pas rigueur ; tu n'utilises jamais la voiture, on ne trouvera même pas tes empreintes à l'intérieur et, comme tu t'apprêtais à filer avec Carole, on n'imagine pas que tu sois le complice de son assassinat...

Jean ne bouge pas d'un cil.

— Sauf qu'aujourd'hui, la donne change. Parce que tu tentes de faire libérer ta mère. Remarque, ça montre que tu n'es pas rancunier, c'est un bon point pour toi. Mais rétrospectivement, la mort de Carole s'envisage sous un autre jour. Elle va même commencer à te peser sur les épaules parce que la thèse de la complicité va drôlement séduire le juge.

Jean regarde le mur et soupire, excédé d'avoir ainsi à se répéter sans cesse :

— Si je fais encore exploser six bombes en pleine ville, je serai pas à ça près.

— Mais ta mère a tué ta copine, Jean ! Pourquoi veux-tu la défendre ?

– Parce que c'est injuste ! hurle Jean. Elle a fait ça sur un coup de tête !

Puis il se tait, comme s'il regrettait de s'être emporté, d'avoir livré quelque chose d'intime.

– Je veux dire… c'est pas sa faute.

La pression est retombée, mais Camille, pendant une pincée de secondes, a surpris quelque chose de fondamental, qui explique peut-être tout le comportement de Jean Garnier : sa colère. Une colère qui, comme celle de sa mère le jour où elle est allée tuer Carole, s'est transformée en fureur. Sauf que chez lui cette colère s'est ensuite comme refroidie. Et qu'elle a donné naissance à un projet terrible, une planification de la terreur. Garnier a perdu pied avec les proportions de la réalité.

– Raison de plus, dit Camille doucement. Si ça n'est pas sa faute…

Garnier fronce les sourcils. Camille explique, calmement :

– Si tu penses que ta mère peut bénéficier de circonstances atténuantes, pourquoi tu ne la laisses pas aller jusqu'au procès ? Jusqu'au tribunal ? Tu témoignes en sa faveur, les psychiatres expliquent qu'elle a été prise d'un coup de folie, qu'elle n'est pas vraiment responsable, et…

– Et ils la mettent dans un asile, merci bien.

Camille rapproche sa chaise.

– Écoute-moi, Jean. Ta première bombe n'a fait que des victimes légères, mais tu ne vas pas toujours avoir autant de chance. (Il a envie d'ajouter : « Nous non plus », mais il se retient). Pour l'instant, les autorités s'organisent. Comme tu as souhaité me parler à moi, ils laissent faire, mais si je n'obtiens pas des résultats rapidement, je veux dire, tout de suite, ils vont passer à la vitesse supérieure… Et je peux t'assurer que les gens à qui ils vont te confier, ce ne sont pas des humoristes.

Il s'approche encore, Jean penche la tête vers lui, comme pour écouter une confidence.

– Je t'assure, Jean, ces gars-là sont vraiment très méchants…

Il se recule. Garnier est pâle. Sa lèvre inférieure tremble légèrement.

– Tu ne devrais pas insister, Jean. Personne ne te donnera jamais ce que tu demandes.

Garnier avale sa salive.

– Ça m'étonnerait, dit-il simplement. Vous verrez…

22 h 05

Le juge a été diligent. Rosie Garnier, quarante-six ans, factrice, incarcérée à Fleury-Mérogis, a été extraite en quatrième vitesse.

On l'a installée dans un bureau vide, sur une chaise. Rien d'autre dans la pièce, si on veut s'asseoir face à elle, il faut apporter sa propre chaise. C'est ce qu'a fait Camille. Ce sont des chaises en fer, lourdes comme un âne mort, il a tiré la sienne derrière lui plus qu'il ne l'a portée, les crissements des pieds sur le sol en béton ont fait plisser le front de Rosie Garnier. Après quoi, il a grimpé dessus, comme un personnage de David Lynch.

Camille ouvre son dossier sur ses genoux. Il regarde la photo de Rosie, remontant à l'an dernier, juste avant son incarcération. Aujourd'hui, elle fait vingt kilos de moins, mais facilement dix ans de plus, un visage émacié, épuisé, des cernes bleus, elle ne doit pas beaucoup dormir, mal manger, la prison pour femmes, il n'y a que les hommes que ça fasse fantasmer. Ses cheveux, mal coupés, sont blanc et gris, on dirait qu'elle porte une perruque poussiéreuse.

Rosie.

Le dossier d'instruction rapporte l'anecdote. Son père l'a prénommée ainsi en 1964, l'année où Gilbert Bécaud, son idole, chantait *Rosy and John*. Rosie, attendrie, poursuit la tradition et prénomme son fils John.

— Il n'a jamais aimé… a-t-elle dit au juge. C'est une belle chanson, pourtant…

Camille ne prend pas de gants.

— Votre fils prétend avoir posé sept bombes, dit-il. La première a détruit la moitié d'une rue dans le 18e arrondissement, il en reste encore six. Il nous promet un carnage.

Camille n'est pas certain qu'elle comprenne ce qu'on lui dit. Il choisit la méthode expéditive qui consiste à fermer toutes les portes.

— Il nous dira où il a posé ses bombes si nous acceptons de vous libérer, lui et vous. Et c'est impossible, de vous libérer. Impossible.

Rosie intègre ces informations avec difficulté : des bombes, son fils, les libérer, impossible. Camille enfonce le clou :

— Jean n'obtiendra qu'une chose : la prison à perpétuité.

Il se recule sur sa chaise, comme s'il en avait terminé, que le reste n'était pas son affaire.

Rosie hoche la tête. Elle parle pour elle-même.

– Il n'est pas méchant, Jean…

Elle n'arrive pas à imaginer son fils faire une chose pareille. Camille ne bouge toujours pas. Il faut près d'une minute pour qu'elle saisisse, qu'elle pâlisse enfin, et entrouvre les lèvres sur un « Oh » douloureux, presque inaudible. Le moment pour Camille de reprendre la main.

– Si vous nous aidez, le tribunal en tiendra compte à la fois pour lui et pour vous. Mais je pense surtout à lui. Renverser une jeune fille en vélomoteur, même intentionnellement, et poser une série de bombes dans Paris, c'est une autre paire de manches. Vous pourrez peut-être sortir de prison dans quelques années, mais si une autre de ses bombes explose, Jean, lui, n'a aucune chance d'en sortir. Jamais. Il a vingt-sept ans et cinquante années de prison devant lui.

Rosie l'écoute attentivement, elle comprend.

Camille a lu son bilan psychologique. Pas glorieux. Niveau d'éducation très bas, capacités limitées, jugements peu éclairés, sujette aux décisions impulsives, affectivité désordonnée, exclusivement canalisée dans sa relation à son fils… Il l'observe et se voit confirmé dans son premier jugement. C'est une femme bête. Ce jugement est toujours douloureux à porter, on est saisi d'une compassion gênante, on a presque honte de soi.

Camille est tout de même saisi d'un doute.

– Pour ces bombes, vous étiez au courant ?

– Jean, il ne me dit jamais rien !

Elle dit cela comme un constat habituel. On jurerait qu'elle parle d'un problème domestique.

– Madame Garnier, est-ce que vous vous rendez compte de ce qui se passe ?

– Je peux lui parler ?

C'est toute la question. Le juge pense qu'il faut les confronter rapidement, Camille ne sait pas.

– Jean, je peux le voir ? insiste-t-elle. Lui parler…

Techniquement, le juge a raison, c'est l'évidence, la confrontation s'impose. Sa mère est le meilleur levier sur Jean, sans doute la seule personne au monde à pouvoir le convaincre.

Pourtant, Camille n'arrive pas à se décider. La voix de Rosie lui fait drôle. Quelque chose ne va pas et tant qu'il n'aura pas compris ce qui ne va pas…

– On va voir, répond-il. On va voir…

Au juge, il explique que cette confrontation pourrait avoir un effet contre-productif.

– Sa mère est très atteinte par son séjour en prison. Il doit craindre quelque chose de ce genre parce qu'il lui a rendu visite au début de sa détention, mais n'y est jamais retourné… Il lui écrit toutes les semaines, rien d'autre. Quand il va la voir dans cet état, il y a un risque important que cette vision le renforce dans son désir de la sortir de là…

Le juge est d'accord. On attend.

22 h 15

– Encore six obus ? Une explosion par jour, c'est ça ?

Décidément, l'information ne passe pas.

– Et il veut sa mère ?

– C'est ça, monsieur le Premier ministre. Sa mère.

– Il croit qu'on va l'envoyer en Australie et attendre une carte postale avec l'adresse de ses bombes, il est con ou quoi ?

Alors d'un coup : le black-out. Personne ne sait si c'est la bonne décision, mais de toute manière, on n'a le choix qu'entre de mauvaises solutions.

– Trouvez une explication officielle pour cette explosion, dit le Premier ministre, quelque chose que tout le monde puisse comprendre. Proposez-moi un communiqué, débrouillez-vous. On gagne du temps et vous… (il s'adresse au type de l'Antiterrorisme), euh… faites ce que vous avez à faire.

À l'instant de sortir, il se retourne.

– Arrêtez-moi cette connerie.

Juste après sa sortie, traduction libre du chef de cabinet :

– Jean Garnier, mettez-lui les couilles dans l'étau, messieurs. Et serrez très fort.

Le type de l'Antiterrorisme se lève et sort sans un mot.

Silence. On sent que ça va barder.

Et pourtant, personne ne saurait dire pourquoi, peut-être à cause de la soudaineté, de la violence de la situation, de la manière et de la rapidité avec lesquelles les choses s'enclenchent, on envisage aussitôt les issues désastreuses qui, en politique, sont celles qui ont le plus de chances de survenir.

On dispose d'une belle gamme de plans d'urgence et de plans catastrophes qui prévoient l'organisation des secours lors de la survenue d'événements de grande ampleur. En attendant de savoir si Garnier va ou non se mettre à table, il faut s'y résoudre. On va peut-être devoir activer le plan ORSEC ; il faut lancer l'inventaire et l'analyse des risques potentiels de cette série d'explosions et anticiper la mise en place d'un dispositif opérationnel de mobilisation…

22 h 40

Les témoignages continuent de remonter, mais Louis ne parvient pas à reconstituer les faits et gestes de Jean Garnier au cours de ces dernières semaines.

– Il ne fréquente personne, explique-t-il à Camille. Ses seuls copains sont ceux du football et personne ne l'y a pas vu depuis des semaines. Selon les voisins, depuis l'arrestation de sa mère, il entrait et sortait de l'appartement, on le croisait qui faisait des courses dans le quartier, mais personne n'a rien observé de particulier. J'ai envoyé des équipes vérifier ses achats, sa location de voiture… Jean est le type de client que personne ne remarque et dont personne ne se souvient.

Depuis que Clémence a formellement reconnu Jean Garnier, l'idée est dans toutes les têtes, il faudrait diffuser son portrait dans la presse, faire un appel à témoins. Mais c'est le black-out. Ordre du ministère. Les autorités sont formelles. Le portrait d'un poseur de bombes dans les journaux du matin, c'est la panique assurée.

– Panique d'un côté, massacre de l'autre, dit Camille. Je ne voudrais pas être à la place des décideurs…

– Il va être cuisiné dans peu de temps, il n'y a pas beaucoup de personnes capables de résister à ce genre de spécialistes.

– Ça ne servira à rien jusqu'au bout, dit Camille à Louis devant la machine à café. Ce type-là a une théorie binaire, tout d'un bloc. Sa position est imparable parce qu'elle est rudimentaire, totalement imperméable à la nuance. Pour lui, c'est oui ou non. Nos successeurs vont se casser les dents, je prends les paris.

À propos de successeurs, il regarde sa montre de plus en plus souvent, impatient de sortir de la nasse.

Quatre types ouvrent enfin la porte sans même frapper.

L'Antiterrorisme vient de prendre le relais.

Ils sont tous taillés comme des camions. La démarche, la résolution, le regard, la précision des gestes, tout en eux fait peur. Jean les regarde, impressionné. Il a prévu pas mal de choses et tout semble se dérouler de manière conforme à ses espérances, mais visiblement la donne vient de changer. En quelques secondes il est propulsé debout, les bras dans le dos, menotté, cagoulé, attaché, contraint. Au milieu des quatre hommes, il semble avoir perdu dix centimètres.

Le message est clair : changement de braquet.

Camille ne sourit pas, mais il est soulagé. Moins de trente secondes après leur entrée dans le bureau, les spécialistes disparaissent en emportant Jean Garnier.

Camille salue son collègue, le commandant Pelletier, un grand type à la tête rectangulaire, avec une moustache du siècle dernier, poivre et sel.

– Amusez-vous bien…

Pelletier reste concentré. On sent qu'il est dans son élément. Il sort en dernier. Il n'a pas prononcé un seul mot.

Camille prend la direction de chez Anne, mais il s'arrête en chemin, soucieux, et sort son mobile.

– *Ça s'éternise*, écrit-il par sms, *je suis désolé... Peut-être dans la nuit... Possible ?*

Il n'a pas réfléchi. Ce n'est pas qu'il n'aimerait pas aller la retrouver, au contraire, se coucher contre elle, sentir son odeur, la toucher... mais il reste perplexe, préoccupé. Impossible de mettre le doigt sur ce qui ne va pas. Il pense fugitivement aux gars de l'Antiterrorisme, des experts ; sur une affaire comme celle-ci, on n'ose pas imaginer de quoi ils sont capables. Ils vont savoir faire.

Et pourtant...

La réponse d'Anne : « *Même tard, mais viens...* »

Camille hésite quelques secondes ; non, il va continuer de mentir à Anne. Il va rentrer chez lui.

Doudouche fait la gueule, sans surprise. Il se montre attentionné, mais rien n'y fait, c'est toujours ainsi, quand il rentre tard, elle fait comme s'il n'était pas là.

Il est épuisé, s'allonge tout habillé sur le canapé, mais ne parvient pas à s'endormir ; faire faux bond à Anne, lui mentir ainsi ne lui plaît pas. D'autant qu'il n'avait aucune raison de le faire. Ou peut-être que si. Il n'aurait pas été disponible ; tu n'es plus en charge de l'enquête, se répète-t-il, mais rien n'y fait, il est assis sur le canapé, Doudouche sur les genoux, à crayonner (il n'arrête jamais, partout des croquis, des esquisses, ça l'aide à penser, il a toujours procédé de cette manière, il reproduit tout ce qu'il voit de mémoire, c'est ce qui fait qu'il comprend toujours dans l'après-coup).

Dans son travail, il y a les faits et ce que les faits produisent sur lui. Ce n'est pas qu'il ait une confiance aveugle en lui-même, il serait même plutôt du genre à se laisser envahir par le doute, mais ses impressions, ses résistances, il les écoute, il ne peut pas faire autrement.

Ainsi là, il crayonne, pour le retrouver, le visage de Rosie et, à côté, celui de Jean. Le premier exhale une sorte de bêtise mêlée d'entêtement, le second est plus complexe. De l'entêtement là aussi, mais avec du calcul. Point commun, la détermination. Chez elle, c'est de l'obstination, chez lui, de la volonté. Ils ne paient pas de mine, mais ils sont dangereux comme la vérole.

Regardant leurs portraits, Camille s'interroge sur leur relation.

Rosie tue l'amie de son fils, qui prépare une vague de terrorisme pour la libérer… Mis bout à bout, rien que ces deux morceaux, ça ne colle pas. Disproportionnés. « Tu n'es plus chargé de l'enquête. » Tant mieux pour toi.

Pour Jean Garnier, c'est autre chose, il doit passer un sale quart d'heure. Camille s'arrête de crayonner parce que ce qu'il croit savoir des techniques d'interrogatoire le fait frissonner. Personne n'en dit jamais rien, mais on devine qu'un type qui menace de faire exploser une série de bombes en plein Paris doit se voir offrir le grand jeu. On pense : simulation de noyade, épreuve du mur, arrosage, confinement en espace exigu, hard rock en boucle à haut niveau… Est-ce que tout cela est vrai ?

Penser à autre chose, changer de point de vue. C'est une de ses méthodes. Une enquête, c'est une certaine manière d'éclairer la réalité, alors Camille tente de prendre les choses par l'autre extrémité. Il reproduit, de mémoire, une photographie vue dans le dossier de Rosie Garnier ; celle de la jeune fille renversée, Carole. Il restitue ses cheveux qui font un drapé presque parfait, d'une rare cruauté, à cause de la flaque de sang qui scintille sous les éclairages vifs. Ce sont des cheveux d'enfant. La blondeur, chez les jeunes filles mortes, c'est pire que tout. Et là, sur le papier, il retrouve sa nuque, déchirante.

Puis enfin la fatigue le terrasse, tout habillé, Doudouche pelotonnée sur son ventre.

Lorsque le téléphone sonne, vers 4 heures du matin, il comprend pourquoi il n'est pas allé rejoindre Anne, pourquoi il ne s'est pas couché.

Son intuition ne l'a pas trompé.

Doudouche refuse de bouger, Camille la fait glisser sur le côté, elle ronchonne. Il ressent l'épuisement jusque dans ses os, mais il se met debout et décroche d'une main. De l'autre, il commence déjà à se déshabiller, retirer les boutons de sa chemise, il va devoir prendre une douche, très vite.

Au téléphone, c'est le juge. Camille s'en doutait. Il va devoir repartir. Jean Garnier ne veut plus parler avec les gars de l'Antiterrorisme, c'est sans surprise, il veut Verhœven et personne d'autre. La question que se pose Camille, c'est : pourquoi accède-t-on à sa demande ?

– Parce qu'il y a urgence, dit le juge. Garnier assure que la prochaine bombe est programmée pour 15 heures, il nous reste moins de douze heures.

Dès qu'il raccroche, Camille réveille Louis, l'indispensable Louis qui, lui aussi, doit se rhabiller, venir, tout de suite.

— Mais, dit Louis, une bombe dans douze heures, ça n'a rien de nouveau ! Garnier nous avait prévenus : une par jour, non ?

— Oui, dit Camille. Je ne sais pas comment s'y sont pris nos aimables collègues de l'AT, et je préfère ne pas le savoir, mais Garnier a commencé à faire des aveux, après quoi il s'est fermé comme une huître, il ne veut parler qu'à moi, il dit que ce n'est pas négociable.

— Il a dit où se trouvait sa prochaine bombe ?

— Oui, c'est pour ça qu'on nous rappelle. Garnier dit qu'il l'a posée dans une école.

Deuxième jour

4 h 55

Assis, les bras croisés, le menton à l'horizontale…
Pelletier, le commandant de l'Antiterrorisme, prend
son dessaisissement comme un désaveu. À l'entrée de
Camille, quand il se lève, on dirait qu'il monte sur la
pointe des pieds pour le toiser d'encore plus haut. Il y
a cinquante ans que Verhœven connaît ces stratagèmes,
ça l'agace toujours, mais il en faut davantage pour
l'impressionner, et il est trop fatigué pour se battre.
Sans compter que la guerre des polices, à ses yeux, fait
un peu cliché. Il fixe tout de même Pelletier dans les
yeux. Par en dessous, forcément. L'Antiterrorisme, ce
n'est pas un service, c'est une mission ; plus que des
flics, nous sommes des experts ; là où l'AT n'a pas de
résultat, personne n'en aura. Voilà quelques-uns des
messages que hurle le regard de Pelletier.

Camille compatit sincèrement. Le nombre de fois où
il a lui-même été dessaisi ou menacé de l'être…

Pas le temps de s'éterniser, il y a l'autre. C'est un
homme important, on va lui mettre une majuscule,
l'Autre. Si Pelletier montre de l'animosité, l'Autre, lui,
exhale l'assurance de soi et le feutré des cabinets minis-
tériels ; à 5 heures du matin, il est frais comme un gar-
don, d'une jeunesse décourageante, un poste de pouvoir

à trente ans, tout ce que ça suppose de famille, de talent, de volonté, de travail, d'ambition et de chance, le genre de cocktail qui vous prend à la gorge, qui vous prive de réfléchir. Sa coiffure, son costume, ses chaussures, son maintien, sa montre, même sa manière de se racler la gorge, tout fait image, des pieds à la tête. Camille ferme les yeux et serre sa main sèche. Le commandant Pelletier, au moins, dans sa colère, dans sa frustration, ressemble à tout le monde…

Camille en est là de ses notations lorsque Louis entre à son tour dans le bureau.

Brusque changement de décor, on dirait que tout bascule d'un coup, la bombe de Jean Garnier a dû provoquer un effet du même genre. Pelletier n'a pas bougé d'un cil, mais l'Autre, en une fraction de seconde, blêmit, se tasse, se tasse ; s'il continue, il fera la même taille que Camille. Il balbutie trois mots en s'approchant de Louis, les deux hommes se donnent une brève accolade. Louis sourit calmement et le désigne à Camille.

– Nous avons préparé l'ENA ensemble, explique-t-il.

Camille apprendra tout à l'heure que Louis était major de sa promotion, tandis que l'Autre se traînait en queue de peloton ; on a beau réussir, ces complexes-là sont indélébiles. Louis penche légèrement la tête vers lui. C'est à toi, on t'écoute.

Bon, l'Antiterrorisme a fait de son mieux, bla-bla-bla (même pas un coup d'œil vers Pelletier, mort aux perdants), mais il faut être « réaliste », le ministre lui-même, bla-bla-bla, la stratégie, période délicate pour le gouvernement, bla-bla-bla… Camille en a vite marre, il n'attend même pas la fin.

– D'accord, murmure-t-il.

Puis, sans prévenir, il tourne les talons, quitte la pièce, emprunte un couloir, ouvre une porte… D'abord surpris, tout le monde se précipite à sa suite, mais on bute sur lui, et on reste figés sur le seuil de la salle parce que Jean Garnier n'est pas beau à voir.

Pas de doute, il a eu affaire aux spécialistes des interrogatoires.

Camille cherche un mot : éprouvé ? lessivé ? exténué ? abruti ? Tout ça à la fois, mais aussi esquinté ; les hématomes virent au violet, on ne voit que son visage, tuméfié, on pressent ce qu'il y a sous ses vêtements…

Camille observe Jean et, vraiment, quelque chose ne va pas.

Quoi ?

Impossible de mettre le doigt dessus.

C'est peut-être son léger sourire. On comprend : il a gagné, il voulait Verhœven, il a Verhœven, il a mis en échec les experts, mais ce sourire, quand même… Dans l'état où il est…

Camille claque la porte derrière lui, s'avance, pose ses deux mains à plat sur la table.

– On ne va pas tourner autour du pot, mon petit Jean, dit-il. Tu as une révélation à faire, c'est ce que tu as assuré pour que je revienne, je suis là, je t'écoute. Tu as sept secondes, une seconde par obus, après quoi, je quitte la pièce, je te repasse à mes collègues et je rentre me coucher. Un, deux, trois…

Il compte vite.

– Quatre, cinq…

Il se relève.

– Six…

Il recule d'un pas, prêt à sortir.

– La bombe, dans l'école… dit Jean.

Sa voix ne manifeste rien de l'épuisement qui se lit sur toute sa personne.

– C'est pour ce matin. Neuf heures.

Le cerveau de Camille balaye la somme affolante de ce qu'il va falloir faire en moins de quatre heures.

– Bon, ça, tu nous l'as déjà dit, c'est pas un scoop. Moi, je veux de la nouveauté, de l'original, sinon je te restitue au commando de la mort, et…

Jean le coupe.

– J'ai posé la bombe dans une école maternelle.

Camille se retient à son bureau, tout danse autour de lui.

– Où ça, espèce d'enfoiré ? Quelle école ?

Jean montre ses paumes. Je ne dirai rien de plus.

Camille, affolé, cherche l'âge des gamins en maternelle, deux ans, trois, quatre ? Lui n'a pas eu d'enfant. Une école maternelle… C'est dingue. À Paris, il y en a plus de trois cents ! Quand il tente d'imaginer les victimes, Camille en a des nausées. Comment peut-on faire une chose pareille ? Jean regarde fixement le plancher. Visiblement, rien ne compte que lui, sa mère, sa demande, le monde entier peut crever, la mort de cent mômes ne lui semble pas disproportionnée face à un billet pour l'Australie… Camille a envie de le tuer. Il pourrait aussi essayer de le convaincre, mais c'est sans espoir. Buté, fermé. Au cours des interrogatoires précédents, il a tenté de l'impressionner, de jouer sur la peur, la pitié, la compassion, sur la complicité, on l'a confié aux durs des durs, rien n'a servi à rien.

– Vous savez ce que je demande, reprend Jean. C'est à vous de voir. J'ai l'impression que vous n'êtes pas encore prêt, je sais pas ce qu'il vous faut…

Il dodeline de la tête, semble désolé.

– En attendant, reprend-il, si vous avez besoin de moi, il faut me laisser dormir un peu.

Les menottes sont trop courtes pour qu'il pose la tête sur ses avant-bras, alors il se penche, colle sa joue droite à même la table, ferme les yeux.

Instantanément, sa respiration ralentit.

Il dort.

5 h 25

On a tiré du lit des fonctionnaires, des techniciens, des ingénieurs, on leur a envoyé des véhicules, des motards pour ouvrir la route, on a rouvert des bureaux, activé des systèmes informatiques, on a mobilisé toutes les données disponibles. Si vite que l'on fasse, tout prend du temps, un temps fou.

Au cours des six derniers mois, quasiment toutes les écoles maternelles de la capitale ont connu des travaux, les services techniques expliquent qu'ils doivent profiter des vacances scolaires pour intervenir. Il faut aussi compter avec toutes les interventions jouxtant les écoles, dans les rues limitrophes, les parkings, etc. Le plus difficile est de juger de leur importance ; les travaux doivent avoir duré plusieurs jours et avoir provoqué une ouverture suffisante pour que Garnier puisse venir y enfouir une bombe de la taille d'un obus. Dans celle-ci, on a refait l'électricité, dans cette autre, on a remplacé les sanitaires, on affiche les plans, on interroge les techniciens qui se consultent fiévreusement : possible de placer une bombe ou pas possible ? La pression est infernale. Il y en a même un qui a fait une crise de nerfs.

– On ne peut pas me demander ça !

Cette responsabilité l'angoissait, le submergeait ; on l'a raccompagné chez lui, on a fait venir son adjoint. Ils sont une quinzaine, de toutes spécialités, voirie, plomberie, terrassement, toiture… Une bombe : possible ? Pas possible ?

Pour le moment, on ne trouve aucune école dans laquelle ou près de laquelle des tranchées ont été pratiquées au cours des huit derniers mois.

Si on prend en compte toutes les possibilités de cacher un obus, les égouts, les caves, les sous-sols, les parkings, etc., cette bombe devient une aiguille dans une meule de foin.

– Ton école, Jean, on ne la trouve pas…, dit Camille.

Jean regarde la pendule murale.

– C'est une question de temps. Vous allez la trouver, je vous assure.

Il n'a pas tort.

Parce que, une quinzaine de minutes plus tard, à l'autre bout de Paris, dans un bureau décentré de la préfecture de police, un type décroche le téléphone, tape du poing sur la table rageusement jusqu'à ce qu'enfin quelqu'un décroche :

– Ça y est, on l'a !

Dès que l'information lui parvient, Camille se rue dans la salle d'interrogatoire, ouvre la porte à la volée, court sur Jean Garnier, lui saisit l'épaule. Terrifié, Garnier tente de se protéger le visage, mais ses mains sont toujours liées à la table en fer.

– École Charles-Frécourt ? hurle Camille. C'est ça, Jean ? Frécourt, dans le 14e ?

Les techniciens continuent de peigner les fichiers, mais on n'a trouvé que celle-ci, située rue Philibert-Beaulieu. Tout correspond. Il y a trois mois, affaissement soudain du sol à l'extrémité de la cour de récréation, la directrice affolée appelle la mairie qui appelle les techniciens qui appellent une entreprise, les parents d'élèves s'inquiètent en voyant le goudron de la cour enfoncé comme sous le choc d'une météorite, on pose des barrières, on diagnostique une fuite de canalisation qui a fragilisé, miné le sous-sol et, quatre jours plus tard, on profite du week-end pour ouvrir la cour, creuser une tranchée ; en fait, il faudra près d'une semaine pour venir à bout de cet effondrement, les gamins passaient leur temps agrippés aux barrières, à vingt mètres des ouvriers, comme au spectacle.

Jean Garnier ne répond pas, il fixe Camille puis baisse les yeux.

5 h 40

Cette fois, pas de précautions, pas le temps. Avec les riverains, les journalistes, on s'expliquera plus tard. L'urgent, c'est d'intervenir, de trouver cette bombe, de la désamorcer, on regarde sa montre en courant vers l'école. La police a bouclé tout le secteur de la rue Jardin-Beaulieu, les pompiers arrivent dans la foulée et, derrière eux, les ouvriers. Déjà, les démineurs de la Sécurité civile scannent la cour.

Basin a étalé les plans de l'école directement sur le sol, il donne des ordres en parlant au téléphone avec Camille.

Il ne voyait pas les choses comme ça.

Camille reçoit ce doute comme un coup de poing.

– Qu'est-ce que tu veux dire ? demande-t-il.

6 h 20

– Les ouvriers ont ouvert la cour, a expliqué Camille au juge d'instruction, mais on savait déjà que c'était impossible. La tranchée était trop étroite pour que Garnier y descende et enfouisse, sans qu'on le voie, un obus de cette taille.

D'ailleurs, Jean l'a confirmé.

– Vous ne m'avez pas laissé le temps... Je vous l'aurais dit.

On a vraiment envie de le tuer parfois.

Le juge, maintenant, exige la confrontation avec la mère et Camille n'a plus de raison de s'y opposer.

Rosie est plus tendue encore que la première fois. Maigre, flétrie. Son visage exprime une angoisse absolue. Camille prend quelques instants pour observer cette femme et se poser, pour la millième fois, les mêmes questions. Entre la mort de l'amie de Jean et la menace de cette vague d'explosions, qu'y a-t-il ?

Quel secret entre la mère et le fils ?

La seule manière de le comprendre est de les placer face à face. Pourtant, on a beau être à moins de trois heures de l'explosion, Camille ne s'y fait pas. L'impression d'être au bord du puits et de devoir plonger. Il s'y résout, mais contre lui-même.

– Votre fils menace de faire sauter une école maternelle, madame Garnier ! Vous voyez ce que ça veut dire ?

Il explique. Si on apprend où se trouve la bombe, on manque de temps pour la neutraliser.

Silence.

– Mais il est encore possible d'évacuer, vous comprenez ? Faute de quoi la bombe va exploser avec des dizaines et des dizaines de gamins à l'intérieur…

Rosie hoche la tête, elle comprend.

– Il faut que nous sachions où est cette école, très vite !

On la sent au bord des larmes, elle résiste, prend sa respiration. Ils sont devant une porte fermée.

– C'est là ? demande-t-elle.

Camille ouvre. Dès qu'il aperçoit sa mère, Jean baisse la tête. Les flics qui le gardent se reculent. Camille saisit Rosie par le coude et la conduit jusqu'à la chaise où elle se laisse tomber. De l'autre côté de la vitre et derrière les écrans qui renvoient les images de la scène, trente personnes sont en apnée.

Rosie regarde fixement son fils. Lui, garde les yeux fixés au mur, juste au-dessus d'elle. Rosie allonge d'abord lentement les bras, ses mains glissent sur la table, à la recherche de celles de Jean, retenues par les menottes, deux petites bêtes blanches et inanimées qui avancent, rampent sur l'acier froid et s'arrêtent lorsque Rosie, littéralement aplatie, ne peut aller plus loin. Sa joue est collée à la table, les bras étendus devant elle, leurs mains à tous deux sont à quoi, vingt centimètres les unes des autres, c'est assez difficile à supporter, sans doute aussi à cause du silence et du temps qui passe.

Rosie pleure, on n'entend qu'elle.

Jean est toujours raide comme un cierge, d'une extrême pâleur, il n'a pas esquissé un mouvement, il ne regarde pas sa mère, on dirait un sujet lobotomisé, sauf qu'il tremble comme on voit chez certains chiens, on ne sait pas si c'est leur état normal ou une maladie. Chez Jean, ce frémissement de tout le corps est impressionnant comme une transe, Camille ne voit que deux larmes rondes, lourdes, qui glissent sur ses joues, seuls témoins d'une émotion intense qu'on sent terriblement solitaire.

Rosie allongée sur la table, Jean raide et droit, la scène pourrait durer des heures, des jours.

Camille a envie de regarder sa montre, mais il ne parvient pas à se défaire de l'impression qu'il se passe là quelque chose d'anormal.

Parce que le visage de Rosie n'est pas malheureux. Elle ferme les yeux, mais pas comme une femme éprouvée. Est-ce de revoir enfin Jean? Est-ce de se retrouver inscrite avec lui dans cette histoire sans issue? Camille scrute ce visage dans lequel, bizarrement, il croit pressentir l'enfant qu'elle a été autrefois.

Et soudain, il comprend.

Ce sourire n'est pas de chagrin, ni d'angoisse, ni même de soulagement, c'est un sourire de victoire.

D'ailleurs, Rosie soulève la tête, les bras toujours allongés, sans même tenter d'essuyer ses larmes, elle fixe son fils qui continue de regarder au-dessus d'elle et elle dit, doucement :

— Je savais que tu ne m'abandonnerais pas.

Sa voix est basse, très dense.

— Tu vas réussir, je le sais…

Dès qu'il comprend que cette confrontation tourne au piège, Camille se précipite. Rosie élève la voix :

— Je t'aime, tu sais !

Camille est déjà sur elle, il l'agrippe aux épaules, mais elle se tient à la table. Elle crie :

– Je n'ai que toi, Jean, ne me laisse pas !

Camille la tire de toutes ses forces, mais ce qui le glace, c'est le rire de Rosie Garnier, un rire de folle, délirant, surexcité.

– Je savais que tu viendrais me chercher, Jean ! Je le savais !

L'affolement est général.

Louis, le premier, a quitté la salle d'observation. Il ouvre à la volée la porte de la salle d'interrogatoire suivi de trois collègues, tous empoignent Rosie, mais elle se retient toujours à la table, elle hurle (« Jean ! Ne me laisse pas ! »), on l'arrache de la table, elle saisit les accoudoirs de sa chaise (« Ne m'abandonne pas ! »), impossible de l'emmener, des sanglots lui coupent le souffle (« Ils ne peuvent rien contre nous, mon Jean ! ») et, comme elle ne veut toujours pas lâcher la table, on la traîne sur le sol, vers la porte, elle s'accroche alors au chambranle, il faut lui écarter les doigts, un à un, tandis que ses hurlements redoublent, c'est un spectacle pitoyable.

Jean, lui, regarde toujours devant lui.

Il n'a pas esquissé un geste, impossible de savoir ce qu'il ressent.

7 heures

Farida est une femme sympathique, mais désordonnée, tout le monde l'aime bien, mais vraiment… Elle commence ici, elle continue là, elle laisse le travail en plan, on ne sait jamais où elle en est. Normalement, elle commence à 7 heures et pour ça, rien à dire, c'est une femme ponctuelle. Mais au lieu de se concentrer sur les classes comme on le lui a demandé cent fois, elle astique d'abord la cafetière, fait les poussières chez la directrice, lave le sol de la salle des institutrices, le couloir, ensuite elle fait les vitres, elle passe d'une tâche à l'autre dans une succession que personne ne comprend. Moyennant quoi, lorsque tout le monde arrive, elle s'affole, court dans tous les sens, mais elle est incorrigible, le lendemain est semblable à tous les autres jours. On l'a sermonnée des dizaines de fois, rien à faire, c'est une question de structure mentale, Farida est ainsi. Mme Garrivier, la directrice, est excédée. La semaine passée, elle l'a informée : elle a demandé son remplacement à la mairie. Pas rancunière, Farida a dit qu'elle comprenait qu'on la nomme au gymnase, ce qui ne lui plaît pas du tout, elle n'aime pas cette ambiance, l'odeur d'embrocation à l'eucalyptus, au camphre, les douches dallées… Elle ne le sait pas encore, mais de toute manière, et même si la directrice ne l'avait pas demandé, Farida aurait été déplacée au gymnase vu que dans quelques heures, il n'y aura plus de ménage à faire parce qu'il n'y aura plus d'école. Volatilisée. Quand on le sait, c'est même assez pathétique de voir Farida astiquer les petites tables, la petite fontaine où les gamins vont se laver les mains, les toilettes qu'on dirait faites pour les sept nains, quand on sait que tout cela va partir en fumée.

L'obus de 140 mm est placé à moins d'un mètre en dessous du couloir qui distribue les classes. C'est une cave dans laquelle personne ne descend jamais parce qu'on ne peut rien y entreposer, elle est basse, mais surtout elle est inondable, on a tout essayé, rien à faire, d'un bout de l'année à l'autre, on y trouve de dix à trente centimètres d'eau. Il y a une dizaine d'années, lorsque Jean préparait un CAP d'électricien, il a fait un stage dans une entreprise qui intervenait dans cette école, il est plusieurs fois descendu dans cette cave. Depuis cette date, l'entreprise a fait faillite et Jean, finalement, n'a pas passé son CAP, il a changé de filière au profit de l'électromécanique, mais il s'est souvenu de l'école. À cause de l'eau, il a dû monter son obus sur des parpaings et des madriers qui traînaient là depuis des lustres, qui baignaient dans la flotte. C'est d'ailleurs aussi bien, l'obus est quasiment au niveau du couloir, l'explosion ne rencontrera aucune résistance. Les enfants entrent dans l'école vers 8 h 15, Mme Garrivier tient beaucoup à la ponctualité. La bombe est programmée pour 9 heures.

7 h 15

On va devoir déclencher les grandes manœuvres, on ne voit pas ce qu'on pourrait faire d'autre. Dans le secret du bureau du président (entouré de trois ministres, d'un chef d'État-major, de hauts responsables de la Sécurité civile, de la police, etc.), on a évoqué, à mots couverts, quelques solutions épouvantables pour extorquer la vérité à Jean Garnier.

Comme à l'accoutumée, les idées de psychotropes, de sérum de vérité, tous ces trucs de romancier, ont refait surface et, une fois de plus, ils ont été évacués par les professionnels : les sujets réagissent de manière trop variable, mélangent les faits réels et l'imaginaire au point que vérifier leurs propos prend quasiment autant de temps qu'attendre l'explosion de leurs bombes…

Avant qu'ils achèvent l'exposé de leurs théories, le président les a interrompus d'un revers de main, c'est un homme pragmatique ; il ne répugnerait pas à des remèdes inavouables, mais c'est trop tard.

– Sa force, Président, c'est le temps, lui dit-on. Il nous menace d'une bombe par jour et se constitue prisonnier après l'explosion de la première, c'est bien calculé. Dans un tel délai, les services ont fait ce qu'ils pouvaient faire, mais…

Le président ne le laisse pas terminer.

– Bien sûr, bien sûr…

Personne ne sait ce qu'il pense vraiment, mais on va le savoir assez vite parce que cette histoire va faire des dégâts. Pas seulement dans les écoles, les magasins et les endroits où Garnier a enterré des obus, dans la hiérarchie aussi. Il est rare qu'une affaire d'une telle ampleur ne fasse pas des victimes collatérales dans l'administration.

On n'en est pas encore là.

Le président relit la note du ministre de l'Intérieur. Ce qui est insupportable, c'est de constater à quel point on est démuni !

Bon alors, cette note… Le président hoche la tête, plan ORSEC, oui, principe de précaution, élémentaire…

Il faut s'y résoudre.

À 7 h 16, le président donne l'ordre de préparer l'évacuation de toutes les écoles maternelles de Paris.

Toutes.

Trois cent quarante-neuf écoles. Quarante-cinq mille gamins.

Aussitôt, la machine se met en branle ; on rédige les ordres de mission, bruits précipités de pas dans les couloirs, ça bourdonne de partout, les téléphones sonnent, on s'interpelle d'un bureau à l'autre. Il faut organiser des accueils, sécuriser le pourtour des écoles, réquisitionner des véhicules, trouver et dépêcher des personnels, plusieurs centaines, parce qu'il ne s'agit pas seulement d'interdire l'entrée dans les écoles, il faut des moyens pour regrouper les enfants, les transporter dans des gymnases, des salles municipales, prévoir des ravitaillements, des postes de secours, c'est absolument colossal. En deux heures ! C'est quasiment infaisable mais, dans quelques minutes, le président n'aura qu'à allumer la mèche et toutes les administrations concernées démarreront à fond de train. Et elles sont capables de réussir.

Mais avant, il y a quelque chose de plus urgent que l'évacuation, c'est la communication. Ce matin, les Parisiens vont se réveiller quasiment en état de guerre ; des camions de pompiers, des secours militaires vont sillonner la capitale dans tous les sens et on devra leur dire que leurs enfants sont menacés par une bombe… On voit l'effet d'ici, l'opposition hurlant à la mort, exigeant des explications, la saisie du Parlement. Quoi ? Un type seul met en échec le pays tout entier, on croit rêver ! Le président, quand il était encore dans l'opposition, aurait adoré cette situation : un gouvernement incapable d'assurer la sécurité de nos enfants ! Et qui cède devant la menace d'un terroriste isolé ! Une défaite en rase campagne ! « Avec ce gouvernement, la lâcheté ne le cède qu'à l'incompétence ! », il adorait ce genre de phrases quand il pouvait les prononcer.

Aujourd'hui, il est président, c'est différent.

Il consulte ses conseillers en communication, écoute ses ministres et réfléchit à sa position personnelle. Il tranche. Le Premier ministre parlera le premier, lui se réserve pour après, on va faire…

Et d'un coup, tout retombe.

Fini le plan ORSEC, finies la communication de crise et la riposte politique. Plus rien. On annule tout parce que Camille Verhœven a téléphoné, son message est arrivé jusqu'à l'Élysée à la vitesse de la lumière.

Il y a tout juste quatre minutes, Garnier a parlé, un Garnier épuisé, blême, presque sans voix, juste un filet, il fallait se pencher pour comprendre ce qu'il voulait dire. Il était déjà éprouvé, la rencontre avec sa mère l'a visiblement achevé.

— La deuxième bombe…

Camille s'est penché, il ne comprenait rien et ça lui faisait un sale effet, comme d'un tortionnaire qui ne parviendrait pas à comprendre ce que lui dit la personne qu'il a martyrisée. À cet instant, son mobile a vibré dans sa poche. Camille a dit « merde ! », s'est contorsionné pour rester en position tout en essayant d'extraire son téléphone de sa poche, c'était un sms d'Anne : *« Passé la nuit toute seule… c'est bien triste. »* Quel décalage !

— Hein, quoi ? demande Camille qui a entendu « je suis… ».

Garnier chuchote dans son oreille :

— … parce que je suis sympa.

Camille se recule, surpris.

— Toi, sympa ? C'est pas le mot qui me viendrait à l'esprit…

Garnier tangue sur sa chaise, prêt à tomber, Camille se penche de nouveau.

— Cherchez pas, murmure Garnier. L'école…

Voilà enfin du nouveau, Camille enfourne le mobile dans sa poche sans répondre. Le bluff est en passe de céder devant la violence de la circonstance, Camille ressent un soulagement profond, jusque dans ses doigts.

— C'est ça, Jean ? Il n'y a pas de bombe, c'est ça ?

Il lui parle en lui tenant la nuque dans la main.

— Dans une école, si… dit Jean. Mais pas à Paris.

Aussitôt, on annule tout, le plan ORSEC, les évacuations. On reconsidère la situation.

La bombe est dans une école en province.

Catastrophique.

— Il y a seize mille écoles maternelles en France, dit le ministre de l'Intérieur. Deux millions de gamins à évacuer. C'est totalement impossible.

On a beau retourner le problème dans tous les sens, à moins de vouloir provoquer une panique générale, impossible de dire à tous les directeurs d'école du pays : « Un dingue a posé une bombe dans une école, peut-être dans la vôtre, et on est incapables de l'arrêter, alors vous allez tous quitter les écoles et vous éloigner aussi rapidement que vous le pourrez. »

Le ministre de l'Intérieur, lui aussi, est un homme pragmatique.

— Les parents, les grands-parents, les proches, ça nous ferait environ trois millions d'adultes à gérer.

D'autant qu'au-delà des parents d'élèves, l'affolement va se généraliser à toutes les populations parce qu'il faudra expliquer à la presse qu'on en est seulement au début, qu'on attend l'explosion de cinq autres bombes après celle-ci et qu'on est incapable de les localiser…

Pas davantage possible de lancer une campagne d'inspection de toutes les écoles, il faudrait quadriller la France entière, ça prendrait des mois.

D'autant que personne ne peut savoir si Garnier dit vrai ou s'il bluffe.

Une seule chose à faire, attendre 9 heures.

Ça rend fou.

Les flics, les politiques, les techniciens, tout le monde s'assoit, chacun médite sur la capacité des démocraties modernes à résister aux agressions.

Basin l'a dit à Camille.

— On pense que le terrorisme, c'est très sophistiqué, mais en fait, pas vraiment.

8 h 15

Lucas, Théo, Khalidja, Chloé, Océane et les autres se tiennent par la main et se rendent dans le fond de la cour. Il a fallu des semaines, non, des mois, pour obtenir le bon de commande de la mairie, mais Mme Garrivier est têtue. Elle rêvait d'un petit potager, elle a dû plaider, expliquer, argumenter, bon Dieu, pour une tonne de terre et quelques cailloux ! Mais enfin, elle y est arrivée. Il y a quelques mois, on lui a aménagé son potager. Les enfants ont fait pousser des tomates, des haricots, des fleurs, ils raffolent de cette activité. Mme Garrivier aussi ; son père était agriculteur.

Les enfants ont quatre ans. En moyenne. Parce que Maxime, par exemple, a trois ans tandis que Sarah, elle, en a presque cinq.

L'école comprend six classes.

Cent trente-quatre élèves au total. Mais c'est celle de Mme Garrivier (vingt-deux élèves) qui est la plus concernée parce qu'elle est la plus proche de l'endroit où Jean a posé sa bombe. Ça ne veut pas dire que les autres ne seront pas touchés, bien sûr, mais les dégâts se feront d'abord ici.

On peut d'ailleurs le dire tout de suite, la classe va littéralement s'évaporer. Ce sera l'affaire d'une seconde ou deux. Le toit va être transpercé, comme si on avait tiré un boulet de canon à travers sans rencontrer de résistance parce que les murs porteurs auront été repoussés par la force du souffle ; comme un gros oiseau noir, un pan entier de la toiture va s'envoler, flotter un court instant au-dessus de la cour puis s'écraser sur le jardin potager.

L'incendie va se déclarer et tout l'établissement partir en fumée en moins d'une heure.

Jean a choisi de programmer sa bombe à 9 heures. Considéré de son point de vue, c'est un choix très judicieux, à cette heure-là, tous les enfants sont dans les classes, sauf ceux de Mme Garrivier, qui sont au potager.

8 h 30

Camille regarde Jean. Il hésite entre la rancune, l'emportement, la brutalité, mais c'est vain.

93

Le jeune homme est épuisé, on ne lui a pas laissé une seule minute de répit, et il ne dira rien, il résistera, Camille le sait, il a déjà résisté aux experts, il a fait l'essentiel. Même le psychologue de service en est réduit aux banalités d'usage. Camille a feuilleté rapidement le profil de Jean Garnier établi par l'expert qui l'a rencontré une heure et à qui Jean n'a pas accordé une seule syllabe, il en a été réduit à la lecture du dossier et aux maigres résultats des interrogatoires : personnalité anxieuse, introvertie, dotée d'un solide contrôle émotionnel… Nous voilà bien avancés, s'est dit Camille.

Face à sa mère, Jean était tendu comme un arc.

Face à Verhœven, il est relâché. Même son regard est plus calme… C'est assez dingue. On le place dans une atmosphère extrêmement éprouvante, n'importe qui aurait déjà rendu les armes, mais si on évalue son état en fonction des circonstances dans lesquelles il est plongé, celui-ci n'est pas si mauvais.

– Une chose m'étonne, dit Camille. Dans ton dossier, j'ai vu que tu avais fait du baby-sitting dans ta cité, autrefois. Des gens ont témoigné. Une vraie petite nurse… Très contents, les parents. Tous.

Jean lève un sourcil circonspect.

– Bah oui, reprend Camille. Tu n'as pas le profil d'un type qui pose des bombes dans les écoles maternelles.

Une ombre passe sur le visage de Jean.

– Tu es un assassin d'enfants, Jean ?

Jean avale sa salive.

– Vous verrez bien…

C'est une veillée d'armes de moins d'une heure. On ne reste d'ailleurs pas les bras ballants, les services s'activent furieusement, à la manière de ces équipes perdantes qui ne capitulent pas et s'acharnent jusqu'au coup de sifflet final. On continue de remonter dans la vie de Jean Garnier, mais surtout de chercher cette école où il aurait pu placer son obus. L'obstacle principal tient à ce que les municipalités ne préviennent pas le ban et l'arrière-ban chaque fois qu'elles entament des travaux dans des établissements qui relèvent de leur compétence. On ne dispose d'aucun fichier centralisé en cette matière, alors on fait avec les moyens du bord, on téléphone dans les grandes villes ; dans les autres, on tâche d'envoyer des mails, des fax qui doivent arriver dans l'indifférence totale, parce qu'il n'est pas possible de leur dire : répondez vite, il y a peut-être une bombe dans l'école maternelle d'à côté… Pour créer la panique et le scandale, rien de plus sûr. Or, pour les destinataires, répondre au ministère qu'on a fait des travaux il y a un mois, ou trois mois, on ne voit pas l'urgence que ça représente, alors on remet ça à la semaine prochaine.

Et l'heure tourne.

Dans les immenses salles des ministères, dans les bureaux donnant sur les jardins, sous les magnifiques dorures républicaines, chacun retient son souffle. On a travaillé à toutes sortes de scénarios, mais qu'on soit flic ou président, ministre ou directeur d'une administration centrale, à quelques minutes de l'échéance, imaginer une bombe faire exploser une centaine de mômes de quatre ans, ça vous ravage le cœur.

À l'heure prévue pour l'explosion, il règne, dans les bureaux, un silence inquiétant; les soldats ressentent cette impression-là à l'instant de charger, l'envie d'en découdre enfin, d'en finir, quitte à mourir, mais neuf heures passent et rien, puis le quart, rien, Jean est toujours attaché à sa table.

Camille est déjà remonté à son bureau, il lit et relit fébrilement des pages entières du dossier, les notes de Louis, il griffonne sur tout ce qui passe à sa portée.

9 h 21

Les bureaux recommencent à bruisser, on n'ose pas se sentir soulagé, le temps continue de passer, Camille, lui, reste plongé dans le dossier. La demie sonne enfin, le cabinet du ministre a été informé, le préfet a rappelé deux fois, le juge fait les cent pas, comme un jeune père un jour d'accouchement. On se rend à l'évidence, soulagement, comme un jour d'armistice.

Jean, lui, transpire.

Ses yeux, naguère figés, font des allers-retours entre la table et la porte. Quelque chose est détraqué.

Camille lui rend visite et sourit.

– Alors, mon grand, cette fin du monde, c'est pour aujourd'hui ou pour demain?

Les gouttes de transpiration coulent sur les paupières de Jean, qu'il tente d'essuyer nerveusement. Il dit seulement :

– Je ne comprends pas…
et semble désemparé, mais, pour Camille qui l'observe, il est difficile de qualifier ce qu'il aperçoit. Un curieux mélange de confusion et de distance.

Cette bombe n'a pas explosé. Ça ne veut pas dire qu'il n'y en a pas d'autres, mais pour celle-là, c'est plié, tout le monde est du même avis.

Basin pense que c'est peut-être un obus hors service.

On est déjà à chercher l'obus suivant.

On reprend l'interrogatoire, le compte à rebours s'est réinitialisé, on a de nouveau vingt-quatre heures devant soi.

S'il y a une autre bombe.

Chantage ou danger majeur ? C'est la grande question.

— Et c'est aussi le piège, analyse Camille. On court après des bombes dont on sait qu'elles ont de fortes chances de ne pas exploser…

Il a raison. C'est paradoxal, mais le chantage de Jean est rendu encore plus efficace par cette incertitude : on hésite entre courir comme des fous après des bombes qu'on n'a pas une chance sur mille de trouver et ne rien faire, attendre et s'abandonner à l'angoisse que l'une d'elles explose, fasse des dizaines de morts sans qu'on ait levé le petit doigt.

Il y a deux camps.

Ceux qui pensent que Jean Garnier n'a posé qu'une seule bombe pour crédibiliser son bluff, mais qu'il n'y a plus rien à craindre.

Et ceux qui n'en savent rien, qui doutent, qui changent d'avis en fonction du moment, qui aimeraient acquérir une certitude, mais n'y arrivent pas.

Entre les deux camps, ou plutôt, à côté, il y a Camille et Louis.

Marcel, le gardien, ouvre les grilles du square Dupeyroux. Il regarde toujours sa montre à cet instant-là. Revanche invisible sur sa destinée de fonctionnaire municipal, il tire une satisfaction inavouée à ouvrir tous les jours avec une ou deux minutes de retard. La grille du jardin a été forcée et impossible d'obtenir que les services techniques se déplacent, Marcel rédige des bons de commande, des demandes de travaux, rien n'y fait. Alors, le soir, il se contente de tirer la grille, de la maintenir fermée avec un morceau de carton. Personne ne s'en est encore aperçu. Ce serait quand même mieux de la réparer, parce que si les dealers s'aperçoivent de ça et, la nuit venue, envahissent le jardin, les riverains vont se manifester et la municipalité va se remuer, je peux vous le dire.

Le temps que Marcel fasse son premier tour d'inspection, il y a déjà du monde sur les bancs.

Il jette un œil sur un fourré, depuis quelques semaines, il voit que quelqu'un se faufile, il y a une trouée, il est allé voir, rien, pas de seringue, c'est sa hantise, ça, les seringues, à cause des enfants. Il y a juste la trappe en fer qui donne accès au couloir technique. Avant, il allait inspecter une fois tous les deux ou trois mois, il a fait ça onze années de suite sans jamais rien trouver, alors il s'est lassé, sans compter l'arthrose, les douleurs dans le dos, c'est qu'il faut y descendre, dans ce truc, marcher plié, merci bien. De toute façon, des ouvriers de la ville s'y rendent trois ou quatre fois dans l'année, s'il y avait quelque chose à voir, ils le verraient.

Marcel se retourne brusquement. Il a « un œil dans le dos », c'est ce qu'il dit aux gamins pour qu'ils se méfient de lui. Dès que quelqu'un s'aventure sur une pelouse interdite, il ne le voit pas forcément, mais il le sent. Cette fois, c'est une fillette. Marcel dégaine son sifflet à une vitesse proprement incroyable, la gamine en est clouée sur place.

10 h 15

Camille, sans même s'en rendre compte, s'est placé hors du mouvement général.

Jean Garnier est repassé chez les interrogateurs, Camille n'en espère rien.

Il l'a dit à Louis :

– L'affaire Garnier, c'est d'abord l'affaire Rosie Garnier.

Louis a réfléchi une fraction de seconde, il a été d'accord.

Depuis les premières heures de la matinée, ils continuent d'éplucher tout ce qui arrive au sujet de Jean, comptes rendus d'interrogatoires, éléments de calendrier, etc., mais c'est dans le dossier de Rosie qu'ils passent le plus de temps, c'est elle la clé de toute l'affaire. Non qu'elle soit l'instigatrice de la stratégie de son fils (trop sophistiquée, elle en serait incapable), mais Camille ne parvient pas à la considérer seulement comme la meurtrière de la petite Carole. Rosie a toutes les apparences de l'assassin d'impulsion, qui agit sans penser. Ce soir-là, elle a pris sa voiture, folle de rage, sa colère a dû monter pendant les heures où elle a fait le guet et, lorsqu'elle a vu apparaître la môme sur son vélomoteur, son sang n'a fait qu'un tour, elle l'a fauchée et s'est enfuie, elle n'avait même pas imaginé de mettre sa voiture ailleurs que dans son propre box !

Voilà pour la version officielle.

Tout le dossier d'instruction exhale ce parfum d'acte manqué. Le juge débordé par la somme des affaires à instruire, les flics satisfaits de l'arrestation de Rosie Garnier, tout le monde s'arrête à cette explication, qui est d'ailleurs la ligne de défense de son avocat, Maître Depremont, une fille ravissante, du genre qui vous liquéfie dès qu'elle apparaît ; elle parle avec un léger accent étranger (allemand ? néerlandais ?). Camille regarde sa main, voit son alliance, elle a dû épouser un Français. Un visage parfaitement triangulaire, avec des pommettes hautes et un regard d'un vert qui n'existe nulle part ailleurs… Dès qu'elle se tourne vers vous, vous ne savez plus où vous en êtes. Camille l'a fait venir la nuit dernière. Il était 3 heures du matin, elle était déjà belle comme un astre. L'entretien n'a pas duré longtemps, elle n'avait rien à dire ; pour elle aussi, le meurtre commis par Rosie Garnier est un acte quasiment instinctif, elle va plaider l'irresponsabilité. Ce qui est certainement vrai. Mais peut-être insuffisant.

Bien, merci maître, a dit Camille, il n'a même pas posé de questions.

– Elle ne sait rien, a-t-il commenté pour Louis. Et si on veut en savoir davantage, elle va se retirer sous sa tente, secret professionnel et tout le bordel. Perte de temps, rien d'autre.

Louis passe son temps à lancer des requêtes, à imprimer des pages, par dizaines, que Camille parcourt, inlassablement.

Précédents logements : Rosie paie scrupuleusement ses loyers, présente ses attestations d'assurances, les états des lieux de ses appartements prouvent son souci de propreté, de netteté.

Relevés bancaires : Rosie gagne peu, mais parvient à épargner, peu, mais elle épargne.

Fichiers de la Sécurité sociale : Rosie dispose d'une belle santé, peu d'arrêts, pas de médicaments.

Dossiers administratifs : ses demandes répétées de logement social, Rosie n'en obtient jamais, mais ne se décourage pas, elle remplit de nouveau les imprimés.

Son dossier auprès de la Ville : elle ne sollicite jamais d'aide sociale, l'honneur un peu vain des gens modestes.

Dossier employeur : aucune promotion depuis son entrée dans l'administration, promise au bas de l'échelle jusqu'à la retraite, ne passe jamais de concours internes, aucune demande de mutation, caractère définitivement sédentaire. Sans ambition…

11 heures

Rosie, comme une adolescente prise en faute, baisse le regard en plissant les lèvres. On dirait qu'elle a simplement volé un T-shirt dans une grande surface et non encouragé son fils à faire exploser six bombes en plein Paris.

– Alors, dites-moi, Rosie, ce « père inconnu », ça a l'air de le chagriner pas mal, votre Johnny.

Elle pose sur Camille son regard de poule, fixe, vitreux. Elle ouvre la bouche.

– Ah non ! l'interrompt Camille en hurlant. Ne me servez pas vos salades à la con ! C'est peut-être suffisant pour Jean, mais ici vous êtes à la police, Rosie ! Et la police, elle veut la vérité ! D'accord ?

Camille a sous le coude la liste des objets trouvés dans la valise en carton qui se trouvait dans son armoire de chambre : magazines des années 1980, *Podium, OK Magazine, Top 50*, 45 tours de Peter et Sloane (« Besoin de rien, envie de toi »), de Marie Myriam (« L'oiseau et l'enfant ») et une collection vertigineuse de photos de Joe Dassin. Celle qui est dédicacée à Rosie a été collée sur un carton et encadrée avec des cœurs autocollants tout autour.

– Vous fatiguez pas, dit Camille. Moi, je vais vous dire : vous avez quinze ans et vous êtes enceinte…

Rosie commet alors le genre d'erreur qu'il ne faut pas faire avec un interrogateur comme Verhœven :

– Entre mon père et lui, dit-elle en adoptant un regard de femme blessée, ça n'allait pas du tout. Mon père s'est opposé au mariage. Lui, je veux dire le père de Jean, il a insisté, il voulait vraiment, il a même proposé qu'on parte ensemble, mais quitter mon père, vous voyez, c'était impossible. Il était seul depuis la mort de ma mère, et…

Camille soupire en souriant.

– Arrêtez vos conneries, Rosie, ne vous fatiguez pas.

Il est calme, les bras croisés, la tête légèrement penchée.

– Ça, c'est l'histoire pour Jean. Un joli drame sur mesure avec tout ce qu'il faut : un père rigide, une mère morte, un fiancé passionné et, au milieu de tout ça, l'enfant du péché. Une histoire de roman sentimental, vous n'avez pas dû chercher bien loin. Je vais vous dire la vérité, moi : le type avec qui vous avez couché, si ça se trouve, vous ne savez même pas de qui il s'agit.

Elle rougit aussitôt.

– Tiens, on va parier : vous avez toujours dit à Jean que son malheureux papa était parti pour l'Australie, je me trompe ?

12 h 30

Il s'appelle René René. Cons de parents. Son père était douanier, René dit toujours que c'est pour cette raison qu'il était aussi con. Aujourd'hui, il a près de soixante ans, il y a prescription, mais il reste un homme grincheux, rancunier, comme parfois les alcooliques amers, le genre à parler dans sa moustache.

D'ailleurs quand son collègue l'appelle (« René ! René, viens vite, bordel ! »), René se contente de marmonner : « Ça va, ça va, y a pas le feu. »

Il descend lentement les barreaux de fer. Il a « touché ses chaussures » la semaine passée, la paire que l'entreprise lui doit, c'est la loi, c'est obligatoire, René note scrupuleusement la date à laquelle on doit les lui remettre, au moindre jour de retard, il fait un foin terrible. Pareil pour le bleu de travail, obligatoire. Il note aussi cette date-là. Il dit qu'il n'est pas « du genre à se laisser emmerder ». Et justement, la paire de chaussures qu'on lui a remise lui fait un mal terrible, à se demander si on ne lui a pas donné une paire d'une demi-pointure inférieure. Ou alors ses pieds ont grossi, ça lui semble difficilement concevable. Il a tout essayé, de les bourrer toute la nuit avec du papier-journal mouillé, de les porter sans marcher, devant la télé, rien n'y fait, elles lui font un mal épouvantable.

Chaque barreau de fer est un calvaire et c'est comme ça toute la sainte journée. Vivement la retraite.

Rien de moins sûr qu'il verra la retraite, René René, parce qu'arrivé en bas de la chambre télécom, le voilà nez à nez avec son collègue qui fixe, terrorisé, un obus de 140 mm auquel est scotché un réveil numérique dont les chiffres bleus palpitent chaque seconde.

14 heures

On comprend tout de suite le projet de Garnier. L'obus a été placé dans une chambre télécom située au 144, boulevard de Mulhouse. En journée, c'est un boulevard passant, mais pas un axe majeur, vous faites sauter un obus de 140 mm, vous obtenez trois morts, un rendement faible par rapport à l'effort de guerre.

Le soir, en revanche, vers 20 heures par exemple, on trouve facilement sept ou huit personnes au mètre carré parce que le n° 144 est un cinéma multisalles et que la plaque de fonte qui recouvre la chambre souterraine se situe exactement à l'endroit des files d'attente ; si vous comptez avec les dommages collatéraux (les immenses baies vitrées vont exploser et projeter des millions d'éclats de verre et des traverses en aluminium à une vitesse hallucinante jusqu'à quinze mètres de distance et dans toutes les directions), vous pouvez provoquer une bonne quinzaine de morts et, pour les blessés, sans exagérer, vous pouvez espérer la soixantaine.

En arrivant sur place, Basin comprend immédiatement que la bombe est sûrement programmée pour le soir ; il consulte sa montre, ne s'affole pas, prend les dispositions techniques, on ceinture le quartier, on évacue le périmètre sur une centaine de mètres ; comme toujours à Paris, l'encombrement, en quelques minutes, prend des proportions inouïes.

Puis la Sécurité civile se met à l'ouvrage. Des artistes.

Tout s'est bien passé : l'évacuation, le déploiement de police, le discours rassurant à la population, la presse tenue à distance respectable et même le communiqué mensonger de la préfecture qui, à défaut d'imaginatif (le coup de la conduite de gaz…), se révèle convaincant.

La palme de la réussite revient naturellement aux démineurs, Basin en tête. Il ne s'est pas trompé. L'obus était programmé pour 20 h 15, dans trois jours. Dans la logique de Garnier, c'était l'obus numéro 5.

— De toute façon, il n'aurait pas explosé, explique-t-il au téléphone à Camille. Le détonateur ne contenait plus de substance explosive et l'amorce elle-même était hors service.

Voilà pour la bonne nouvelle.

Reste la mauvaise. Depuis 9 h 30, depuis que la bombe dans l'école maternelle a joué les filles de l'air, on respirait en se disant que cette histoire de sept bombes, une par jour, était un bluff total.

On a maintenant la preuve du contraire.

Le premier obus a explosé rue Joseph-Merlin, le deuxième n'a pas explosé, le cinquième a été retrouvé à temps, il en reste quatre.

Le prochain sous vingt-quatre heures.

Camille est allé dormir une heure ; une partie du réfectoire a été équipée de lits de camp, les agents épuisés viennent s'y écrouler avant de revenir dans leurs bureaux, les yeux bouffis de sommeil, les traits allongés par cette veille qui n'en finit pas. Camille s'est étendu, endormi aussitôt, mais il ne s'est pas reposé. Son cerveau a remué des tas d'informations issues des dossiers des Garnier mère et fils, des comptes rendus d'interrogatoire, des noms, des images, des bombes et aussi, qu'il croyait enfoui, le visage de ce petit garçon hébété avec son étui à clarinette vide, étendu dans la rue Joseph-Merlin.

De retour, il tape sur l'épaule de Louis, ils échangent leurs places.

Louis, à son tour, va s'allonger.

Pendant le sommeil du commandant Verhœven, il a aligné des dates, sur deux colonnes : à droite, Rosie ; à gauche, Jean. Ils cherchent des correspondances, mais de quelle nature ? Eux-mêmes ne le savent pas. Camille survole une page, la seconde ; Louis a fait un travail de fond, comme à l'accoutumée, il ne laisse rien passer et il travaille, sans en avoir l'air, à une vitesse surprenante.

Page trois. Page quatre. Page cinq.

Camille s'arrête, revient en arrière, pose le doigt sur une ligne.

Nous sommes en mai, il y a cinq ans. Rosie Garnier est malade.

Dans la colonne de gauche, on voit qu'à cette période Jean est en province, dans les Pyrénées-Atlantiques.

Camille est parfaitement réveillé d'un coup.

Il se lève, cherche, sur le rayonnage, un rapport, enfoui dans la pile de documents de Louis, mais il est incapable de le trouver.

– Vous cherchez quoi ?

Il se retourne. C'est Louis. Il ne dormait pas, il a préféré revenir travailler.

Sans l'ombre d'une hésitation, il exhume le rapport concernant Alberto Ferreira. C'est l'artisan chez qui travaillait Jean à cette époque-là. Ce type est mort depuis, on recherche la date : 24 mai. Louis consulte le Net, c'est un mardi.

Déjà, Camille a repris la déposition de Marie-Christine Hamrouche, la copine et collègue de Rosie. « […] Elle se plaignait tellement de son fils. […] Ils s'engueulaient sur tout […]. Quand il a parlé de partir, Rosie était resplendissante ! Comme si c'était elle qu'on avait demandée en mariage. »

Enfin, nous y voilà.

Extrait du procès-verbal :

M.-C. Hamrouche – C'était toujours la même histoire. Il partait, Rosie revivait et il revenait et rebelote pour les engueulades. C'était sans fin.

L'Agent – Jean Garnier a souvent quitté le domicile de sa mère ?

M.-C. Hamrouche – Non, pas « souvent ». Trois ou quatre fois. Je me souviens qu'il y a quatre ou cinq ans, il a été embauché par un artisan qui est allé s'installer dans le Sud, il avait proposé à Jean de venir avec lui. Parce que le gosse travaillait bien, vous savez. Enfin, quand il travaillait… Bref. Rosie était si heureuse qu'elle a aussitôt pris du congé. Ça l'a prise comme ça, d'un coup, l'effet du soulagement, en somme. Elle m'en a parlé le soir, pour le lendemain! Elle qui ne partait jamais… Elle est allée passer une semaine chez sa tante, en Bretagne.

L'Agent – Et Jean Garnier est revenu quand?

M.-C. Hamrouche – Tout de suite! Bon, cette fois-là, c'est la faute à pas de chance, son patron s'est tué sur un chantier. Du coup, la délocalisation dans le Sud est tombée à l'eau, forcément.

[…]

Le reste est sans intérêt.

Camille et Louis se regardent.

Si les vérifications confirment leur intuition, ils tiennent un premier fil.

Il va falloir ensuite tout dérouler, ce qui va prendre du temps, mais c'est la toute première éclaircie dans un ciel sacrément orageux depuis deux jours…

20 heures

Recoupements, vérifications, demandes complémentaires, contrôles… Camille n'a pas voulu demander de l'aide. Louis n'était pas trop d'accord, il a plaidé sa cause, on perd un temps précieux, mais Camille a dit :

– Tant que je ne suis pas certain, on n'en parle pas… Je veux bien passer pour un emmerdeur, je ne veux pas passer pour un con.

108

Il y a du monde derrière la glace sans tain. Le juge, deux huiles de la police, un de la préfecture, l'Autre qui vient de rappliquer du ministère…

Et dans la salle d'interrogatoire, face à Jean Garnier, Camille et Louis. Devant le premier, rien, devant le second, un dossier de quelques pages qui a l'air inoffensif.

– Je ne sais pas pour toi, Jean, mais moi, j'ai l'impression qu'on se connaît depuis des lustres ! En fait, tu n'es avec nous que depuis vingt-quatre heures, mais il s'est passé tellement de choses !…

Jean, libéré de ses menottes, se frotte lentement les poignets qui sont très abîmés. Il est assis depuis des heures et doit avoir une envie folle de se lever, de se détendre, mais il n'en montre rien. Il se contente de regarder la table, devant lui, de ne manifester aucune émotion. Il a les yeux rouges, son teint est gris cendré sous la barbe rendue presque bleue par la lumière. Peut-être que les promesses de déflagration qui tournent à l'eau de boudin lui en ont fichu un coup.

– On est un peu des intimes, non ? reprend Camille. Et pourtant… On croit qu'on connaît les gens et puis en fait, pas du tout ! Tiens, au hasard, prenons ta mère.

Jean marque le coup. Depuis qu'il s'est constitué prisonnier, on lui pose des questions sur lui, ce qu'il a fait, où il est allé, il résiste à tout, tant bien que mal, mais maintenant qu'il s'agit de sa mère, un voile d'inquiétude passe devant ses yeux.

– Rosie, on lui donnerait le bon Dieu sans confession, et pourtant…

Camille regarde rapidement autour de lui, comme pour vérifier qu'il n'est pas entendu, puis il fait mine de se pencher vers Jean pour lui faire une confidence.

– À mon avis, c'est pas la première fois qu'elle fait des siennes… Chtttt…

À la réaction de Jean, Camille comprend instantanément que son intuition ne l'a pas trompé.

Louis vient de glisser vers lui le dossier que Camille ouvre.

– Alberto Ferreira. Ça ne te dit rien ? Mais si, voyons, il t'a embauché il y a trois ans. Comme électricien. Ah, ça remonte ? Bon… Vous aviez l'air de drôlement bien vous entendre tous les deux. Il t'embauche en janvier et en avril, il te verse déjà des primes. Bon, pas énormes, mais de la part d'un employeur, ce sont des gestes qui comptent. Il est satisfait de ton travail. Remarque, pour le peu que je sais de toi au plan technique, tu m'as l'air soigneux, comme garçon. Appliqué. Scrupuleux, même ! Évidemment, tu es dépendant du fait que les obus que tu as choisis sont encore en état de marche, mais si on en juge par l'organisation, pas de doute, tu es organisé. On en était où ? Ah oui ! Alberto Ferreira. Oh, dis donc, mon Jeannot, en voilà un qui n'a pas eu de chance. Même pas quarante ans et déjà mort. Ce que c'est que la vie, hein ? Et c'est d'autant plus dommage qu'il avait des projets magnifiques : le Sud-Ouest, le soleil et la mer ! Il rachète une société près de Biarritz qui installe des climatiseurs, il décide de partir en septembre et il est tellement content de toi, qu'il t'emmène avec lui ! À Biarritz ! Dis-moi, Johnny, t'as trouvé ça comment, toi, Biarritz ? Je veux dire, c'est propre ? On se loge facilement ? Parce que je vois là (il tapote de l'index sur une feuille de son dossier) que tu pars là-bas en éclaireur. Tu devais être sacrément content parce que tu as fait tes valises en moins de deux. Rosie est bien gentille, mais elle te pompait un peu l'oxygène, avoue ?

Jean avale sa salive. Il ne peut empêcher son regard de chercher un repère qu'il ne trouve pas.

— Donc te voilà sur place qui commence à travailler en attendant l'arrivée de ton patron qui doit rappliquer un mois plus tard avec armes et bagages et patatras, huit jours avant de quitter Paris, v'là t'y pas que le Ferreira, qui travaille le soir sur son dernier chantier en banlieue parisienne, fait un pas de trop et bascule bêtement du septième étage. Adieu Biarritz et les climatiseurs. Et retour de l'enfant prodigue à la maison. Parce que tu reviens illico chez maman. Jusqu'ici, j'ai tout bon, John ? Bien… Alors, moi, imagine-toi que cette histoire, elle m'a touché. Si, si, je t'assure, l'entrepreneur entreprenant, le travailleur travaillant, c'est beau comme l'Antique ! Donc, je m'y suis intéressé. Et alors, c'est drôle, dès qu'on fouille… C'est fascinant, le hasard… Tiens, par exemple, au moment où Alberto se défenestre accidentellement, Rosie est en congé. Oui, je suis d'accord, on ne voit pas tout de suite la relation, mais attends, tu vas comprendre : juste après ton départ pour Biarritz, le lendemain exactement, Rosie quitte son boulot. À sa meilleure copine, elle raconte qu'elle part chez sa tante en Bretagne, sauf que Rosie n'a jamais eu de tante, ni en Bretagne ni ailleurs. Elle doit être bien pressée de s'absenter parce que, comme elle n'a plus le temps de poser des congés auprès de son employeur, elle prétexte la maladie. Mais comme elle a autre chose à faire qu'à aller voir un médecin, elle ne produit pas de certificat. Elle disparaît quatre jours comme si elle se foutait complètement des conséquences. D'ailleurs, ça ne rate pas : à son retour, elle reçoit un avertissement et on lui retient quatre jours sur son salaire. Le troisième jour est justement celui de la mort d'Alberto… Après, le temps de remonter à Paris, de faire un brin de toilette… Bon, tu n'as pas l'air convaincu. Je vais te montrer…

Camille cherche dans son dossier, saisit une feuille, la retourne vers Jean afin que celui-ci puisse la lire, mais Jean n'y est pas prêt, il garde la tête basse, on dirait un animal têtu qui refuse d'avancer.

– C'est le procès-verbal établi à la mort d'Alberto. Personne n'y comprend rien, à cette histoire. Il est 21 heures ! Il y a belle lurette que le chantier est vide, ne reste que Ferreira qui continue de travailler, qui passe des câbles avant qu'on coule les chapes au sol. Il met les bouchées doubles parce qu'il en a marre, il veut terminer ce dernier travail et partir pour Biarritz, on le comprend. Alberto est un homme expérimenté, pas le genre à s'approcher de la partie de la dalle qui donne dans le vide, et à basculer par-dessus le parapet en bois qui sert de protection. Et pourtant, le voilà qui tombe à la renverse cul par-dessus tête et qui va s'écraser trente mètres plus bas ! À n'y rien comprendre. C'est ce que dit le rapport. Il y a un sérieux doute. Mais bon… Personne sur place, pas d'indices sur le corps, pas d'ennemi connu, pas d'héritage… Qu'est-ce que tu veux, nous, la police, nous, la justice, on conclut à l'accident. Dû à la fatigue, au surmenage. C'est normal. Quand on fouille un peu dans le mobile d'Alberto, on trouve quatre fois le numéro de Rosie. À l'époque, les enquêteurs n'y ont pas vu malice, ils ont interrogé ta maman, elle leur a dit qu'elle voulait avoir des nouvelles de son fils et que, comme Alberto ne répondait jamais, elle a rappelé plusieurs fois. Elle aurait voulu savoir où il était, prendre contact ou rendez-vous avec lui, elle ne s'y serait pas prise autrement. Son appel est le dernier que Ferreira a reçu, c'est marrant, non ?

Camille s'arrête soudainement.

— Dis-moi, mon Jeannot, tu n'as pas l'air convaincu. Je reconnais, c'est tiré par les cheveux, mais… (Il frappe dans ses mains comme s'il venait de découvrir la solution à la quadrature du cercle.) Tiens, à propos de cheveux !… Encore le hasard, tu me diras. La Bouveresse !

Jean continue de fixer la table, mais son visage s'est comme vitrifié, durci. Camille, qui n'a pas l'air de s'en préoccuper, lui trouve un air têtu qui rappelle terriblement Rosie. Les ressemblances familiales sont souvent déprimantes.

— Je dis la Bouveresse, c'est de mauvais goût, excuse-moi, en fait, c'est Françoise Bouveret. Tu la rencontres quand, déjà ? (Camille consulte son dossier, Louis pose son index sur une ligne.) Voilà, merci, Louis, en mars, il y a quatre ans.

Camille retire ses lunettes, les place posément devant lui.

— Là, Jean, sans vouloir te faire de reproches, je pense que Rosie, tu l'as carrément vexée. Parce que ta souris, la Bouveret, bon, elle ne pourrait pas être ta mère (une mère, on n'en a qu'une, hein ?), mais enfin, tout de même : trente-huit ans ! Treize de plus que toi ! Ça n'est même pas la question de l'âge, mais enfin, je ne veux pas te froisser, mais avec ses bagouzes de maquerelle et son maquillage de Noël (j'ai vu des photos), ça n'est pas franchement le genre dont ta mère devait rêver pour son fils unique et préféré. Peu importe. Toi, elle te botte, tu t'en mets jusque-là, de la Bouveret, tu as besoin d'expérience, c'est normal, et pour en profiter encore mieux, trois mois après, tu fais tes valoches et te voilà à demeure chez elle. Deux mois, ça tient. On a découvert ça dans le dossier d'instruction de ta maman, on a fait les recoupements, on a exhumé les P-V, je te passe les détails et je reconnais que tu n'as pas de chance, Jean. Alors que tu files avec elle le parfait amour, que ta bougresse t'apprend toutes sortes de trucs dont tu n'avais même pas idée, voilà qu'elle ne trouve rien de mieux que de vouloir se sécher les cheveux dans son bain. Quelle conne, à trente-huit ans, elle ne savait pas ça ? Détail curieux, la porte de l'appartement n'était pas complètement fermée, on s'est un peu inquiété, forcément, on s'est demandé s'il n'y avait pas anguille sous roche. Toi, tu n'avais aucun mobile et en plus, tu avais un alibi. Tu n'étais pas là, huit collègues jurent sur la Bible que tu étais avec eux sur un chantier à Poitiers. Et personne ne s'est inquiété de Rosie. À l'époque, elle ne fait pas partie du tableau. Et on a tort, si tu vois ce que je veux dire… Je vois que tu vois. On va reprendre tout ça, point par point, on va rouvrir le dossier, mais l'important, à ce moment-là, c'est que pour toi, mon Jean-Jean, c'est de nouveau retour au bercail. Ferreira, Bouveret, Carole… J'ai comme l'impression que Rosie s'accroche un peu, non ?

L'atmosphère est pesante. Camille laisse passer un long moment. Derrière la vitre sans tain, on comprend enfin où Camille veut en venir. Mentalement, tout le monde croise les doigts.

– Ta mère est en préventive pour le meurtre de Carole. Ça passe pour un coup de tête, on ne cherche pas plus loin. Comme elle n'a pas vraiment le profil d'un *serial killer*, on reste sur l'idée d'un crime par impulsion. Mais si on regarde les choses sous un autre angle, si on s'interroge sur ses motivations et qu'on se pose les bonnes questions, remonter à ses anciens faits d'armes, ça n'est pas si difficile. C'est un peu comme pour les obus, si tu veux... Il suffisait d'y penser.

Camille sourit, pédagogue.

— Tu t'en vas, elle panique, elle te rattrape, elle ne peut pas se passer de toi. Tu essayes de la quitter, mais tu ne peux pas te passer d'elle non plus. Tu sais parfaitement ce qu'elle fait pour te garder, tu la connais, vous n'en parlez jamais, mais vous savez ce qui vous lie, ce qui vous attache l'un à l'autre, ce pacte silencieux que vous avez ensemble. Au tout début, tu n'oses pas trop dire. Après, c'est l'engrenage, celui qui conduit Rosie jusqu'ici. Alors, toi, le bon fils, tu viens chercher ta maman...

Camille se tait, tous deux regardent le sol. Quoi dire ? Camille se laisse glisser de sa chaise, fatigué. Il observe un instant les mains de Jean, celles qui tremblaient comme des feuilles en face de sa mère.

— Tu es un bon fils, somme toute. Peut-être qu'elle te fait peur, aussi, Rosie. C'est souvent comme ça, les ogresses...

Silence.

— Mais maintenant, Jean, c'est le moment ou jamais. Tu as fait pas mal de dégâts, mais rien encore d'irréparable, tu n'as pas encore de morts sur la conscience. Le jour venu, un bon avocat va faire vibrer le tribunal sur le thème de la mère abusive, tu vas passer pour une victime et ça ne sera pas vraiment faux. Si tu lâches tout de suite, tu fais d'une pierre deux coups. Tu te libères de Rosie, il est grand temps, et tu évites de sombrer avec elle. Il y a vingt-quatre heures que tu es là. Si nos autorités avaient l'intention de céder à ton chantage, ce serait déjà fait. Elles ne céderont pas. Et avec le dossier qu'on est en train de constituer, Rosie va frôler la perpétuité. Toi, tu as une dernière chance de t'en sortir pas trop mal. Le juge te reçoit, vous passez un accord, tu nous dis tout ce qu'on a besoin de savoir et tu reviens dans la ligne. Regarde-moi, Jean.

Jean ne bouge pas d'un cil.

— Regarde-moi, Jean.

Camille parle d'une voix basse et douce.

Jean lève enfin le regard vers lui.

— Rosie est totalement dingue, tu le sais, n'est-ce pas ? On ne la libérera jamais, c'est un combat perdu d'avance. Pense à toi. Pour elle, tu as fait tout ce que tu pouvais et c'est très bien, tout le monde peut le comprendre, tout le monde le comprendra. Mais maintenant, c'est fini.

Jean hoche la tête. Camille s'interroge un court instant : conclure ou laisser décanter. Il y a le feu, il faut aller vite.

— Tu es prêt à me parler, Jean ?

Jean fait signe que oui. Il est prêt.

Il cille nerveusement, on dirait qu'il a un projecteur dans les yeux.

— Bien, dit Camille. C'est la bonne décision.

Jean approuve à nouveau. Camille se rassoit, sort son stylo, referme le dossier, il prendra ses notes sur la page de garde.

— On commence par quoi, Jean ? À toi de me dire.

— Par la rançon.

Camille est tétanisé. D'où il est, on croirait entendre les réactions effarées, de l'autre côté de la vitre.

Jean Garnier ne laisse personne reprendre son souffle.

– Oui, pour la rançon, je vous ai dit que j'accepterais trois millions. Mais c'était hier. Aujourd'hui, c'est quatre ou rien.

20 h 56

Camille est anéanti par l'échec. Il ne comprend pas. Comment a-t-il pu commettre autant d'erreurs pour arriver à un tel fiasco ? Il n'y croit pas lui-même. C'est un homme pétrifié qui assiste au débriefing du juge et du directeur de la Police judiciaire.

Tout le monde se retrouve dans la grande salle, mais l'Autre, du ministère, n'attend pas, il est déjà dans le couloir, il chuchote dans le téléphone, il rend compte à ses supérieurs.

À partir de cet instant, tout le monde se souviendra précisément de la succession des événements.

Ceux qui s'en souviendront le mieux sont ceux qui ont consulté l'heure parce qu'il était exactement 21 h 07 lorsque le téléphone sonna dans la pièce.

Le juge fit un geste excédé.

Louis fit un pas, décrocha, écouta, raccrocha, fixa le juge qui suspendit sa phrase pour entendre Louis déclarer :

– Une explosion vient de détruire entièrement une école maternelle à Orléans.

De même qu'il ouvre systématiquement avec une ou deux minutes de retard sur l'horaire officiel, Marcel aimerait bien fermer son square avec une ou deux minutes d'avance. Mais ça n'est jamais possible. Tantôt des amoureux découverts dans un coin, le temps de les refouler, ils traînent les pieds, il est 21 heures passées de trois minutes. Tantôt ce sont des jeunes qui veulent rester, ou qui arrivent avec des canettes de bière, il faut parlementer, quand ils sortent enfin, il est 21 h 05. Quand ce n'est pas pire encore. Il a tout essayé, siffler la sortie un quart d'heure avant, vingt minutes avant, rien n'y fait, cet horaire de fermeture tourne à la malédiction.

Sauf ce soir. Allez savoir pourquoi, c'est quasiment la première fois depuis… depuis longtemps en tout cas parce qu'il ne parvient pas à s'en souvenir. Il vérifie, incrédule. Oui, il n'est pas tout à fait l'heure et le square est aussi vide qu'il doit l'être.

Cette circonstance lui semble si étonnante qu'elle le met mal à l'aise. Quelque chose lui aurait-il échappé ?

Incapable de se retenir, Marcel refait un tour, mais non, personne.

Lorsqu'il ferme enfin, en plaçant le morceau de carton pour retenir la porte, il est 21 h 04.

21 h 40

C'est comme si on avait entendu la détonation jusqu'à Paris. Effervescence. Le cabinet du ministre vient aux nouvelles, on s'inquiète pour la presse, pour l'effet de panique, les préfets s'entretiennent. Aucune victime, mais l'école a littéralement volé en éclats. La nuit tombe, heureusement, il faut être prêt pour les éditions du matin, mais ça laisse un peu de temps. Et il va en falloir parce que personne ne sait où il en est.

Les secours sont sur place, la Sécurité civile a déjà confirmé que l'explosion ressemble en tous points à celle de la rue Joseph-Merlin.

Côté police, on se perd en conjectures.

Pour les spécialistes, sur son réveil numérique, Garnier a confondu « 9 heures am » et « 9 heures pm ».

L'hypothèse semble à peine croyable.

Camille interroge Basin. C'est possible ?

– Très possible. Au fond, c'est un bricoleur et on a vu pire, je t'assure. Pourquoi penses-tu qu'il y ait autant d'amateurs qui se font sauter le caisson avec leurs propres engins ? Le tien, il est dangereux comme la vérole, mais si, en plus, il est maladroit, ça devient un électron libre. Avec encore quatre bombes introuvables, s'il n'a pas été foutu de les régler correctement, même lui ne peut pas nous aider.

Tandis qu'autour d'eux tout s'agite, que les téléphones hurlent dans tous les sens, Louis regarde Camille.

Il était tout à l'heure tendu à l'extrême. Il est maintenant détendu, pensif, on jurerait qu'il s'apprête à rentrer chez lui après une journée bien remplie. D'ailleurs, il se lève, toujours concentré, traverse tranquillement le bureau, emprunte le couloir, descend deux étages, prend sur sa droite, passe devant le flic en uniforme qui garde la salle où se trouve Jean, ouvre la porte d'à côté, la salle d'observation.

Et il s'assoit, comme au spectacle.

De l'autre côté de la glace sans tain, Pelletier, de l'Antiterrorisme, est de nouveau à la manœuvre avec deux autres flics devant Jean, qui, debout, le dos au mur, les talons collés à la cloison, les mains sur la nuque, dodeline de la tête, ouvre difficilement les yeux, manque de basculer chaque seconde.

— Tu comptes faire beaucoup de morts, avec tes bombes? demande Pelletier. Pour libérer ta salope de mère, tu comptes faire combien de morts?

— Autant qu'il faudra… répond Jean.

Camille tend le bras et coupe le son. Il se concentre sur l'image. Cette histoire d'école maternelle, cette bombe programmée à 21 heures… Il a du mal à y croire. Le fait est là, mais dans le visage de Jean, il cherche autre chose qui lui aurait échappé jusqu'ici. Il se sent encouragé par la vérification de son intuition concernant Rosie, qui est peut-être une meurtrière d'impulsion, mais qui a tout de même des impulsions assez fréquentes.

Jusqu'à présent, la police a été contrainte par les événements à penser dans le droit fil de la situation.

Dans la logique imposée par Jean.

Pour trouver la solution, il doit falloir sortir du cadre.

Comment?

Camille va rester près d'une heure à observer Garnier, à regarder ses lèvres bouger, les flics se succéder, lui mettre une pression folle.

Il ne s'interrompt qu'une minute pour lire le sms d'Anne : « *Tu es devenu invisible ou tu m'as quittée en oubliant de m'informer ?* »

23 heures

Camille prend Louis à part.

– Ces visites de maintenance dans les chambres télécoms, elles sont planifiées combien de temps à l'avance ?

– Je dois vérifier, mais je crois que c'est un planning trimestriel…

Louis ne demande pas pourquoi.

– Tu peux me montrer ? demande Camille en désignant l'écran de l'ordinateur.

Troisième jour

1 h 45

– Non, dit le juge, offusqué. Et c'est aussi ce qu'a dit le commissaire divisionnaire, sur un autre ton, il connaît son Verhœven, inutile d'en rajouter. Non, a confirmé le préfet de police, on dirait qu'il n'a même pas été surpris de la proposition, il prend l'idée pour une aberration et répond « non » comme si on lui demandait s'il veut du sel dans son café. Pas la peine d'interroger les types de l'Antiterrorisme…

Louis remonte sa mèche, il s'y attendait, Camille aussi. L'Autre a joué la surprise, il a fait mine de ne pas comprendre.

– Si on ne veut aucun mort, a répété Camille, il faut libérer Jean et sa mère. Tout de suite.

– Libérer Jean Garnier ? Vous plaisantez ?

Il a regardé Louis pour la première fois avec condescendance, quand on guette une connerie chez un adversaire, c'est un vrai soulagement lorsqu'elle survient.

– Et quoi encore ? Vous ne voulez pas qu'on lui donne la Légion d'honneur par la même occasion !

Et il est parti d'un grand rire. Le rire, avec l'humour médiocre qui vise à l'humiliation, ce n'est pas ce qu'il faut pratiquer face à un homme comme Camille.

– Vous êtes un imbécile.

L'Autre l'a toisé, mais Camille ne lui a pas laissé le temps de renvoyer la balle.

– Un imbécile parce que vous êtes incapable de comprendre ce que vous ne ressentez pas. Vous prenez Jean Garnier au premier degré parce qu'il est simple, mais c'est votre logique qui est rudimentaire. Vous ne l'observez pas, vous le regardez. Vous ne le comprenez pas, vous le cataloguez. Jean Garnier est un garçon dangereux, mais pas parce qu'il a posé des bombes. Il a même tout fait pour qu'elles ne fassent aucun mort, seulement des blessés et des dégâts matériels. Mais, malgré ses efforts, personne ne peut être certain que tous ses obus se révéleront aussi relativement inoffensifs. Il y a trop d'inconnues, trop d'impondérables. Rue Joseph-Merlin, l'échafaudage aurait pu s'écraser sur un passant. À Orléans, l'explosion aurait pu faucher un promeneur avec son chien… Tôt ou tard, vous aurez des morts. En fait, il n'y a absolument rien d'autre à faire. On relâche Jean et sa mère, pas de morts. Garanti. On les garde, c'est la tuerie, plus que probable. À vous de voir.

L'Autre est blessé, mais c'est un professionnel.

Dans les ministères, un professionnel, c'est quelqu'un qui fait remonter l'information. Donc l'information remonte. Puis elle redescend. Et c'est toujours non.

– Ils n'y croient pas, conclut Camille.

Il va lui falloir vingt minutes pour prendre sa décision.

Vingt minutes pour discuter avec Jean Garnier.

Et trente secondes pour dire au juge :

– Maintenant, c'est à vous de voir. Moi, ça ne me concerne plus. Si vous n'y voyez pas d'inconvénient, je rentre chez moi, je suis crevé.

Paris est désert, on roule vite, Camille profite d'un feu vert pour extraire son mobile de sa poche. Au feu suivant, il compose le sms pour Anne : « *L'invitation pour (le reste de) la nuit est toujours valable ?* » Au troisième feu, il reçoit la réponse : « *La porte est ouverte depuis hier…* » Normalement, ensuite, il n'y a plus de feu, mais Camille est contraint de s'arrêter par le nouveau message sur son mobile. C'est le juge : « *Camille, venez tout de suite à Matignon, je vous envoie une escorte ?* »

« *Mon cœur, désolé, je suis convoqué chez le Premier ministre…* »

« *Tu n'as jamais inventé prétexte aussi nul !* »

« *Pourtant, c'est vrai, je t'assure, je suis en route !* »

« *Tu vas passer la nuit avec lui ?* »

« *Normalement non, sauf s'il me demande, je me vois mal refuser. C'est un Premier ministre quand même !* »

« *Tu demandes un logement social pour moi ? Dans le 7e…* »

« *OK. S'il faut que je couche, je fais quoi ?* »

« *S'il te propose un logement dans le 5e, le 6e ou le 7e, tu couches. Si c'est ailleurs, tu reviens et c'est moi que tu baises.* »

« *Deal.* »

Le Premier ministre n'est pas extraordinairement sexy. Ils ne le sont jamais. On dirait même que c'est un critère. Mais c'est un homme très poli, très civilisé; il se lève, serre la main de Camille avec chaleur (« Très heureux, commandant! »), il désigne un fauteuil. Dans son immense bureau, il y a huit ou neuf autres personnes. Quand Camille s'assoit, tout le monde s'assoit. Le Premier ministre désigne alors le magnétophone posé sur la table basse.

— On m'a fait part de votre hypothèse, commandant, mais j'aimerais me la voir confirmer.

— Jusqu'ici, et contrairement aux apparences, Jean Garnier a tout fait pour ne causer aucune mort. Rue Joseph-Merlin, il a posé son obus alors que l'échafaudage était déjà en place, il a placé la bombe assez bas et dans une position peu favorable aux dégâts maximums. À Orléans, il a seulement fait semblant de s'être trompé. Ainsi, sa bombe a explosé à un moment où les risques humains étaient quasiment inexistants. Pour la bombe nº 5 que nous avons retrouvée, c'est tout sauf un hasard; les calendriers de visite sont accessibles sur Internet. Garnier a choisi une chambre télécom dont il était certain qu'elle serait visitée hier afin que nous pourrions la désamorcer sans aucun dommage. Toute sa stratégie, depuis le début, consiste à nous faire croire à sa dangerosité. Pour le moment, nous en sommes à trois bombes. La première nous traumatise, la deuxième nous impressionne, la troisième nous catastrophe… Et c'est assez bien vu parce que nous dansons sur un volcan, avec ce type. Il en a posé sept en tout, nous en avons repéré trois : rue Joseph-Merlin, dans l'école maternelle d'Orléans et dans la chambre télécom sous le cinéma; il en reste quatre. On est sûrs qu'elles vont exploser dans la semaine à venir, je fais le pari qu'il a prévu de ne pas faire de victimes mais, même si j'ai raison, personne ne peut être certain que la chance va nous accompagner encore longtemps. Nous sommes dépendants de ses manipulations, de son matériel, de ses calculs empiriques. Il est organisé, débrouillard, mais c'est un amateur. Et s'il a fait une seule erreur, nous la payerons cash. Au prix fort.

Camille hésite un court instant. Et il enfonce le clou.

— Si curieux que cela paraisse, monsieur le Premier ministre, Garnier n'est pas un assassin.

Silence.

— Mais mon hypothèse, c'est qu'il va le devenir malgré lui. Tôt ou tard, sur les quatre bombes restantes, quelque chose va clocher, c'est inévitable. Et là, il y aura des morts.

Le Premier ministre plisse les lèvres en signe de compréhension.

— Et à ce moment-là, ajoute Camille, nous ne pourrons nous en prendre qu'à nous-mêmes. D'autant qu'il nous prévient clairement.

Il se penche alors vers le magnétophone et le déclenche sans demander l'autorisation à personne.

— *Non* (c'est la voix de Jean), *ça ne s'est pas passé comme ça...*

Camille appuie sur le bouton d'avance rapide puis de nouveau sur ON.

— *Pour les premières bombes, vous avez raison*, dit Jean. *Je ne voulais pas tuer des gens. Sauf pour la dernière...*

— *Explique-moi ça...*

– *Vous comprenez, si ma dernière bombe doit exploser, c'est que j'aurai raté mon coup avec les précédentes. C'est que mon truc n'aura pas marché du tout. Je n'aurai plus rien à perdre. Alors, pour la dernière bombe, j'ai programmé quelque chose… de vraiment meurtrier.*

Silence.

– *Dévastateur… Je vous assure, commandant, vous devriez me croire.*

Camille arrête le magnétophone.

– Vous proposez quoi ? demande un type en costume, Camille ne sait pas de qui il s'agit.

– De les libérer, lui et sa mère, en échange des bombes restantes. Je ne pense pas qu'ils vont aller loin…

Les libérer. L'opposition est palpable. *Pas loin*, ça veut dire quoi ? Ils sont neuf fonctionnaires qui se regardent, sceptiques, on voit mal où ça conduit et ce qu'il a en tête, le petit flic. C'est le moment qu'attend Camille pour planter la dernière banderille.

– Avec son dernier obus, Garnier va faire des dégâts considérables. Quelqu'un ici sait peut-être comment on va expliquer à la presse et au public les deux premières explosions et celle qui va mettre un point d'orgue à son feu d'artifice, mais il va falloir se creuser parce que ça ne va pas être facile.

– Commandant, dit le Premier ministre avec un sourire sincère, vous voulez nous laisser quelques minutes ?

Camille s'assoit dans un salon grand comme quatre fois son appartement. Il rallume son mobile. Message d'Anne :

« Alors ????? Ça marche pour le logement social ? »

130

« *Peux pas encore dire. Il est dans la salle de bains, il se fait beau...* »

« *Et t'es sûr que ce sera dans le 7e ???* »

« *Il dit que ça dépendra de ma prestation.* »

« *T'es en forme, j'espère !* »

« *T'as vu l'heure ????* »

« *J'ai la même heure que toi et je suis TRÈS en forme.* »

« *Je me concentre et...* »

– Commandant ?

Camille lève la tête.

– Monsieur le Premier ministre vous demande...

4 heures

– Ce que j'ai obtenu de mieux, Jean, c'est que tu nous livres l'adresse des bombes juste avant le décollage. On ne peut pas attendre que tu sois arrivé en Australie. C'est ça ou rien. Et si ça ne te convient pas, ce ne sera plus de mon ressort, tu devras parler avec quelqu'un d'autre.

Jean a longuement réfléchi, puis :

– Non, ce sera trois heures après le décollage.

– Impossible, Jean ! Tu obtiens ce que tu demandais, mais tu ne peux pas imposer toutes tes conditions.

Il faudra près de vingt minutes pour parvenir à un accord. Jean donnera les coordonnées des bombes restantes au moment du décollage.

– Si nous n'avons pas ton message à l'instant du décollage, l'avion fait demi-tour et te redépose à l'aéroport avec ta maman chérie, c'est clair ?

C'est dingue que Jean soit d'accord avec de telles conditions. Lui qui a programmé son affaire quasiment de main de maître tombe dans un panneau pareil ! Il résiste à peine :

— Et qu'est-ce qui me garantit qu'une fois que j'ai envoyé le message, l'avion ne fera pas demi-tour ?

Depuis le début de la conversation, la voix de Camille s'est faite rauque. On pense que c'est la fatigue, mais pas du tout, c'est la déprime. Imaginez. Vous discutez avec un condamné à mort à brève échéance et vous avez mission de lui parler comme s'il avait toute la vie devant lui…

— Personne n'a intérêt à ce que tu restes ici, explique Camille patiemment. Parce qu'on va devoir t'arrêter officiellement, instruire ton affaire et te déférer devant les tribunaux. On devra alors expliquer qu'on a menti sur deux explosions survenues dans l'espace public et on va passer pour des cons qui ont négocié avec un trou du cul comme toi deux millions en espèces sur les impôts de nos concitoyens et un billet pour l'étranger sous une fausse identité fabriquée par l'État français lui-même !

Ça lui convient, à Jean, cette théorie. C'est incroyable.

Autour de lui, tout le monde pense : « Quel con, ce type ! » Les amateurs font toujours ce genre d'impression aux experts. Ils passent pour des glands.

Une heure de plus a été nécessaire pour faire mine de discuter avec Jean de nombreux détails qui n'ont en fait aucune importance et ne servent qu'à crédibiliser l'accord.

En vérité, Pelletier a expliqué à Camille :

– Jean envoie son message via l'équipe à bord, avec les adresses des bombes, on vérifie… et on le serre aussitôt.

À l'entendre, c'en est décourageant de simplicité.

Camille a envie de demander à Pelletier si, lui aussi, il le prend pour un con. Parce que, évidemment, ça ne se passera pas ainsi. Évidemment que les spécialistes de l'intervention ne vont pas s'embarrasser de détails, personne n'a intérêt à ce que Jean devienne le bâton merdeux du gouvernement.

Sans compter que si, par malheur, Jean traîne un peu et laisse passer, par exemple, une heure avant de lancer son message, il faudra l'arrêter pendant le survol d'un espace aérien étranger, ce qui devient compliqué.

Les techniciens assurent que l'équipe qui montera dans l'avion pourra serrer Jean sans problème dès réception du feu vert. On a déjà pris toutes les précautions. Camille pense que des experts de l'élimination furtive occuperont les sièges devant Jean et sa mère, ainsi que ceux de derrière, que deux ou trois d'entre eux, en hôtesse et en steward, doubleront le personnel navigant… Si Jean respecte sa partition, il se fera discrètement garrotter avant que l'appareil soit au point de non-retour sur sa piste d'envol. Ça ou un équivalent, dans tous les cas, ça ne sera pas beau à voir. Furtif et efficace, mortel en quelques secondes. Pour Rosie aussi. Après quoi, l'avion freine, s'arrête, un véhicule se gare sous l'avion, le commandant informe ses passagers que cet arrêt n'est pas dû à une avarie technique de manière à n'affoler personne, mais au malaise d'un couple de passagers. Là-dessus, on ouvre les portes, on évacue les corps et on repart comme en 14. Personne, à bord, n'y comprendra rien, on s'en fout, l'important, c'est d'avoir l'occasion de débarquer le cadavre de Jean et celui de sa mère dans les jolies civières déjà prêtes pour la circonstance.

Au pire, si Jean traîne un peu pour délivrer son message, on recourra à une variante : l'avion effectuera un demi-tour, les couloirs aériens sont déjà réservés et seront protégés.

On verra, se dit Camille.

Depuis le début, rien ne se passe selon les règles du genre, il ne pense pas une seconde que l'affaire va se terminer comme on l'imagine.

Pour le moment, il organise, planifie, négocie et, comme l'équipe de crise est composée de plusieurs institutions, c'est encore lui qui reçoit les conseils des collègues, les instructions de la hiérarchie.

Jean n'a pas inspecté les deux valises, les vêtements de Rosie et les siens qu'on est allé chercher chez lui.

— Tu veux vérifier ? demande Camille.

Jean sait parfaitement qu'on y a dissimulé des dispositifs pour le suivre à la trace.

— Ça n'a pas d'importance, dit-il en claquant le couvercle.

Les billets de banque lui font davantage d'effet. La négociation a abouti à deux millions. Une valise pleine de pognon en grosses coupures a de quoi émouvoir même les plus blasés.

Enfin, on lui remet les passeports. Il les ouvre, hoche la tête.

Il devient Pierre Mouton. Rosie s'appelle Françoise Lemercier ; il n'aime pas ça du tout, Jean, il le dit :

– Mouton, je trouve ça ridicule.

Camille trouve aussi que baptiser Mouton un type qu'on envoie à l'abattoir, c'est assez nul.

– C'est à prendre ou à laisser.

Jean accepte.

Puis il regarde les billets d'avion.

– Je peux vérifier?

On lui désigne un poste informatique. On s'attendait à ce qu'il soit un féru du clavier, mais ce n'est pas le cas du tout, il tape lentement, avec application.

Il vérifie l'existence du vol. Il vérifie aussi les réservations.

Il semble soulagé.

4 h 30

Enfin, Rosie arrive.

Son visage est clair, reposé, ce n'est plus la même femme.

Dès qu'elle aperçoit Jean, elle se précipite dans ses bras, mais le jeune homme reste de marbre, les bras ballants, le regard fixé dans le vide. Rosie n'en est nullement troublée, c'est sans doute qu'elle est maintenant avec son Jean.

Quand elle se détache de lui, il la regarde à peine. On les laisse ensemble dans la pièce le temps qu'ils se changent pour le départ.

Les caméras qui renvoient leur image les montrent à trois mètres l'un de l'autre, comme s'ils étaient dans des pièces différentes. Jean s'habille les sourcils froncés, concentré sur sa tâche. Rosie ne cesse de lui jeter des regards admiratifs.

Lorsqu'ils reviennent dans la pièce, elle regarde les flics comme des élèves qui ont encore beaucoup à apprendre.

Camille lui tend un téléphone mobile.

– C'est sur cet appareil que tu prépares ton message *avant* le décollage, rappelle Camille une dernière fois. Message détaillé, on veut les lieux précis. Les bombes qui restent sont toutes à Paris ?

– Toutes, confirme Jean.

– Bien. Le seul numéro qui est mémorisé là-dedans, c'est le mien. À n'importe quel moment, jusqu'au décollage, tu peux me joindre, quelle que soit la raison. Je suis ton unique interlocuteur, comme tu l'as demandé.

– D'accord.

– Bien. Décollage pour Sydney : 5 h 45. Tout est clair ?

Jean fait signe que c'est clair.

En fait, c'est pathétique.

Il a beau être un poseur de bombes et jouer avec la vie de centaines d'inconnus, ce jeune homme, agent secret de pacotille, qui agit comme il a vu faire dans des séries B, vous fait une drôle d'impression, c'est sa naïveté sans doute. On fait ce qu'il faut faire, mais on se sent mal, parce que, depuis qu'il a baissé ses exigences, c'est devenu trop facile.

Camille, lui, reste ouvert à tous les bouleversements.

Pendant que Jean et Rosie s'habillaient, il a même parié avec Louis.

– Comment ça, a demandé Louis, qu'est-ce qui peut se passer d'autre ?

Camille n'en a aucune idée. Il en est certain, voilà tout. Ça va tourner autrement.

– Quelque chose va nous échapper…

On est en mai, il commence déjà à faire jour à cette heure-ci. Par la fenêtre ouverte, Camille respire l'air de Paris qui n'est pas encore saturé par les gaz d'échappement.

En bas, il voit Jean sortir, Rosie à ses côtés, tous les deux avec leur valise.

Jean refuse de monter dans le véhicule qui l'attend, un agent se précipite, discussion vive, mais Jean ne s'en laisse pas compter, il hèle un taxi. L'agent en reste les bras ballants.

Camille ferme les yeux, il est accablé.

Le taxi qui s'arrête est évidemment celui que les flics ont posté, le chauffeur a l'air vrai.

Jean ne laisse pas le chauffeur descendre, il ouvre le hayon arrière, y fourre les deux valises, fait signe à Rosie de monter, le taxi démarre.

Allons, quand il faut y aller…

Camille enfile sa veste, descend l'escalier et monte à l'arrière de la voiture numéro 1.

5 heures

Dans l'habitacle résonne déjà le faisceau des voix des suiveurs.

– Mouton à 11 heures. 34, à vous…

– 34 bien reçu. Mouton à 13 heures.

Le taxi de Jean roule dans Paris, pisté par une cohorte invisible de près de quinze personnes, voitures, camionnettes, motos…

Ça ressemble au fantôme d'un convoi mortuaire.

Le micro placé dans le taxi ne renvoie que le silence des passagers. Camille imagine Rosie blottie contre son fils, lui tenant fiévreusement la main, et Jean, indifférent, regardant par la vitre, le décor de Paris qui défile…

Camille observe, sur l'écran du GPS, le trajet emprunté par le taxi lorsque la voix de Jean se fait entendre :

– Prenez à droite.

Le chauffeur fait mine de ne pas avoir compris. En professionnel, il tente de gagner du temps et laisse passer la rue que Jean semblait lui désigner.

– C'est pas le chemin pour l'aéroport, monsieur…

– Pas grave, dit alors Jean. Prenez la suivante.

Sa voix est ferme mais calme. Le chauffeur met alors son clignotant à droite et emprunte le boulevard.

– Ici 34 – Mouton vers l'ouest…

– Bien reçu…

Les voix des suiveurs ne s'affolent pas réellement, mais tout de même, ça cloche.

Camille sent, à un petit frémissement dans l'échine, qu'on y est.

Presque.

Pas tout à fait, mais presque.

À l'évidence, ce n'est pas le chemin vers l'aéroport.

Jean prépare-t-il un ultime coup de Jarnac, rien d'impossible.

– Mouton à 13 heures.

– Mouton rue Plantagenet.

Mouton où tu veux, se dit Camille, on ne va pas tarder à savoir ce que vaut le scénario des experts.

Sur les instructions de Jean, le taxi a viré une nouvelle fois sur sa droite, il roule dans la direction exactement opposée à celle de l'aéroport CDG, plein sud.

Dans les haut-parleurs, le ton monte, qu'est-ce qu'il fout, ce con-là. Le portable de Camille sonne toutes les vingt secondes, il le coupe. Et merde.

Lui aussi est tendu.

Est-ce qu'on est en train de se faire balader ?

Par la liaison avec le chauffeur, les équipes demandent des instructions à Camille.

– On suit et on voit.

Le taxi tourne ici et là. On entend Jean donner ses ordres.

– À droite au feu… Première à gauche.

Le chauffeur fait mine de râler :

– Où on va comme ça ? Vous allez manquer votre avion, monsieur…

C'est le code pour demander ce qu'il faut faire. Camille ne fait même pas semblant de maîtriser, en réalité on se laisse embarquer, que faire d'autre ?

Jean visiblement sait où il va, voilà ce qui inquiète tout le monde.

Il sait et nous, on ne sait pas.

Et enfin le taxi s'arrête devant les grilles du square Dupeyroux, un grand rectangle bordé d'immeubles haussmanniens. Les trois rues qui le longent sont plantées de réverbères qui projettent une lumière douce, jaune et bleu. La voiture de Camille dépasse rapidement le taxi, tourne à droite et pile. On attend les instructions. Toutes les unités se mettent en stand-by. Le timing bat de l'aile.

La voix de Jean :

— Vous nous attendez ici, dit-il au chauffeur.

La caméra d'un suiveur attrape Jean et Rosie sortant du taxi, sur l'écran de contrôle on distingue leurs silhouettes qui s'immobilisent devant la grille du square, par le micro dissimulé dans son manteau, on perçoit la voix de Rosie, inquiète :

— Qu'est-ce qu'on vient faire là, Jean ?

On n'entend pas la réponse, y en a-t-il une d'ailleurs ?

Jean tire la porte de la grille qui s'ouvre sans un bruit. Le morceau de carton que pose Marcel tombe au sol. Jean ne fait pas l'effort de le ramasser comme il l'a pourtant fait tant de fois.

Camille est sorti précipitamment de la voiture et s'est mis à courir, d'un coup.

En quelques secondes, le voilà à la grille, il a juste hurlé à toutes les équipes de ne rien faire, les dés sont jetés, combien de bombes vont exploser ? Où et quand ?

Déjà, Rosie et Jean s'enfoncent dans l'ombre du square, vaguement baignée de lumière jaune. À l'instant où Camille y entre à son tour, ils sont arrêtés devant l'aire de jeux. Jean laisse Rosie, fait quelques pas et disparaît.

Des secondes lourdes s'égrènent avec une lenteur de bombe à retardement, Camille hésite à foncer, mais il n'en a pas le temps, voici Jean qui revient. Il sort d'un fourré, il tient un téléphone portable et se tourne du côté de Camille.

C'est curieux, cette scène, comme suspendue.

Dans la lumière diffuse du square, là-bas Rosie, qui serre dans ses mains son sac de vieille fille, à côté d'elle Jean, son grand fils, avec son téléphone à la main, qui regarde le commandant Verhœven, et Camille, stoppé net dans son élan, qui se demande ce qui va se passer.

Jean alors se penche sur son téléphone et presque aussitôt une musique se met à chuinter dans l'appareil, Jean monte le son du haut-parleur.

Camille tend l'oreille, il voit Jean tendre sa paume ouverte à Rosie, comme pour l'inviter à une danse, et c'est bien ça, une danse, Jean et Rosie sont dans les bras l'un de l'autre.

Ils dansent. Elle le regarde comme un amoureux, lui garde le regard fixe, plongé dans le vide, mais il serre Rosie fort, très fort... Ils n'ont fait que deux ou trois tours lorsque Jean, tout en continuant de valser lentement, plonge la main dans la poche de sa veste.

Maintenant, Camille reconnaît la musique, une chanson, chantée par Gilbert Bécaud :

> *On s'aimait comme personne.*
> *C'était bon, Rosy and John,*
> *Mais la vie, c'est la vie. Et la vie*[1]...

Jean, en tournant, est placé face à Camille.

Par-dessus la tête de sa mère, qu'il domine de beaucoup et semble même aussi menue et fragile qu'une enfant, Jean regarde fixement dans la direction de Camille qui sent alors son téléphone vibrer.

---

1. **Rosy and John** – Paroles : Maurice Vidalin. Musique : Gilbert Bécaud. © 1967 Universal Music Publishing (catalogue Le Rideau Rouge). Avec l'aimable autorisation d'Universal Music Publishing.

Il l'arrache précipitamment de sa poche.

C'est un sms de Jean :

« Il n'y a plus de bombes. Merci pour tout. »

Camille relève la tête vers le couple. Il lui revient soudain la phrase de Basin :

– Pour le déclenchement d'une bombe, tout ce qui produit une impulsion peut servir, un téléphone portable…

Camille se jette au sol à la seconde exacte où la bombe explose sous les pas des danseurs.

Le souffle surpuissant le cueille en plein ventre, le projette en arrière et le fait rouler sur le chemin de terre.

Le bruit de la déflagration est assourdissant, à vous faire jaillir les yeux de la tête. Les fenêtres des immeubles de la place volent en éclats, on entend aussitôt le vacarme d'un torrent de débris de verre. L'aire de jeux s'est volatilisée, ce n'est plus maintenant qu'un vaste cratère de trois mètres de large sur environ un mètre de profondeur.

Louis arrive en courant, se précipite vers Camille.

Allongé dans l'allée, immobile, une joue contre terre, les yeux écarquillés, Camille porte, sur son visage en sang, l'air hébété d'un petit garçon.

À quelques mètres d'eux, les arbres du square ont commencé à flamber.

Du même auteur :

TRAVAIL SOIGNÉ, Éditions du Masque, 2006.

ROBE DE MARIÉ, Calmann-Lévy, 2009. Prix du Meilleur polar francophone de Montigny-les-Corneilles, 2009.

CADRES NOIRS, Calmann-Lévy, 2010. Prix du Polar européen *Le Point*, 2010.

ALEX, Albin Michel, 2011.

SACRIFICES, Albin Michel, 2012.

AU REVOIR LÀ-HAUT, Albin Michel, 2013. Prix Goncourt, 2013.

Sur smartnovel.com, retrouvez la vidéo de l'entretien que Pierre Lemaitre a donné à l'occasion de la publication en feuilleton des *Grands Moyens*, dont l'histoire a inspiré ce texte inédit au Livre de Poche. Retrouvez les feuilletons de SmartNovel sur l'Appstore et Amazon.

Le Livre de Poche s'engage pour
l'environnement en réduisant
l'empreinte carbone de ses livres.
Celle de cet exemplaire est de :
200 g éq. CO$_2$
Rendez-vous sur
www.livredepoche-durable.fr

PAPIER À BASE DE
FIBRES CERTIFIÉES

Composition réalisée par Belle Page

Achevé d'imprimer en mai 2014 en Espagne par
BLACK PRINT CPI IBERICA
Sant Andreu de la Barca (Barcelona)
Dépôt légal 1re publication : mai 2014
LIBRAIRIE GÉNÉRALE FRANÇAISE
31, rue de Fleurus – 75278 Paris cedex 06

31/7595/7